AI와 함께하는 회장 인사말

품격을 높이는 연설의 기술

김용우

박영사

머리말

회장에게는 모임의 대표로서 모든 행사에서 가장 먼저 '말'을 할 권리가 주어진다. 식순에 반영된 '회장 인사말'은 단순한 관례가 아닌 회장에게 주어지는 특권이자 기회이다. 인사말을 통해 회원들에게 감사의 뜻을 전하고 모임의 비전을 제시하는 순간은 회장으로서 가장 영예롭고 빛나는 시간이다. 단, 그 인사말이 잘 작성되고 잘 전달됐을 때 그렇다.

그러나 회장 인사말이 모든 회장들에게 편하게 느껴지진 않는다. 어떤 회장들에게는 이 '인사말'이 커다란 부담이자 고민의 대상이 되기도 한다. "이 행사에서는 무엇을 말해야 할까?"라는 질문은 많은 회장들이 직면하는 쉽지 않은 과제다. 실제로 큰 부를 축적하고 모임에서 회장을 맡고 싶지만, 공식 행사에서의 말하는 것에 대한 부담 때문에 회장직을 주저하는 분들도 있다는 얘기도 들었다. 이 고민을 듣고, 회장 인사말을 주제로 한 책을 한번 써야겠다는 결심을 하게 되었다.

누군가에게는 아무 어려움이 없는 '회장으로서의 말하기'가 다른 사람에게는 매우 큰 부담일 수 있다. 평상시에는 말을 잘하는 사람도 공적인 자리에서는 말문이 막히는 경우가 있다. 이는 사적인 자리와 공적인 자리에서 말하는 방식이 다르기 때문일 것이다.

이 책에서는 다음과 같은 질문에 대해 함께 고민하고 해결책을 제시하려고 한다.

- 회장 인사말은 어떤 의미를 가지는가?
- 회장으로서 어떤 메시지를, 어떻게 전달해야 할까?
- 회장 인사말을 할 때 주의해야 할 점은 무엇일까?
- 회장 인사말을 작성할 때 AI를 어떻게 활용할 수 있을까?
- AI와 함께 작성한 인사말은 어떤 부분을 유의해야 할까?

이러한 사항들을 명확히 이해하면 인사말이 더 이상 큰 부담이 되지 않을 것이다.

요즘은 챗GPT와 같은 인공지능(AI) 도구를 활용하면 몇 초 만에 '회장 인사말' 초안을 받아볼 수 있다. 문장의 형식도 잘 갖춰져 있고 표현도 유려하다. 하지만, 그 인사말을 그대로 사용할 수 없다는 사실을 금방 깨닫게 된다. 우리 모임만의 이야기나 상황은 전혀 반영되어 있지 않은 너무 일반적인 내용들로 채워져 있기 때문이다. 인공지능이 작성한 글에서 형식이나 일부 표현을 참고할 수는 있지만, 제대로 된 인사말은 모임의 현황과 특성, 그리고 회장의 목소리가 담긴 글이어야 한다.

그렇다면 인사말 작성에 AI는 별 도움이 되지 않는 걸까? 그렇지 않다. 인공지능은 모임의 현황과 비전, 모임만의 스토리, 회장의 고유한 문체 등을 구체적으로 입력해 주면 상당히 훌륭한 초안을 제공해 준다. 두서없이 내용을 입력해도 AI는 깔끔한 문장으로 내용을 정리해 꽤 훌륭한 인사말 초안을 작성해 준다. 인사말을 포함해 글을 쓸 때 가장 부담스러운 것이 첫 문장인데 AI는 이 난제(?)도 손쉽게 해결해 준다.

고대 AMP 사무총장으로서 크고 작은 수많은 행사를 진행하면서 회장으로서 할 수 있는 인사말과 축사 예문을 이 책에 담았다. 10명 남짓한 소규모 모임부터 600~700명이 참석하는 행사까지, 다양한 자리에서 회장이 할 수 있는 인사말과 축사를 정리했다. 행사의 취지와 성격에 맞춰, 인사말에 어떤 내용을 포함시켜야 하고 분량을 어느 정도로 해야 할지에 대한 기준도 제시했다.

우리 생활에 벌써 깊숙이 들어와 있는 AI를 활용해 회장 인사말을 작성하는 과정도 함께 정리했다. AI는 처음부터 완결된 회장 인사말을 작성해 줄 수는 없지만 구체적인 정보를 제공한다면 꽤 괜찮은 인사말 초안을 생성해 주는 것을 확인할 수 있다. 책에 기술한 내용처럼 AI를 활용한다면 인사말에 대한 부담은 크게 줄어들 것이다.

회장 인사말은 모임의 대표로서 가장 빛나는 순간을 상징한다. 이 책의 내용을 참고하여 많은 회장들이 빛나고 영예로운 순간을 만들기를 바란다.

이 책에 예시된 회장 인사말과 축사는 내용의 구체성을 위해 고대 AMP 회장 인사말을 기준으로 작성됐다. 하지만, 리더들의 일반적인 인사말과 축사에도 상황에 맞게 적용할 수 있을 것이다.

차례

1

회장 인사말의 의의

회장의 인사말은 모임의 시작을 알리는 단순한 절차를 넘어, 그 모임의 성격과 본질을 표현하는 중요한 순간이다. 회장의 첫 인사는 참석자들에게 모임의 분위기와 목적을 빠르게 인식시키며, 회장의 태도와 어조는 참석자들이 모임에 대해 어떤 자세로 임해야 할지를 자연스럽게 결정하게 한다. 회장이 인사말 하는 불과 몇 분의 시간 동안 이렇게 많은 것들이 결정되는 것이다. 회장은 이 인사말의 기회를 최대한 활용할 줄 알아야 한다. 모임의 성공 여부를 결정하는 출발점이기도 하기 때문이다. 회장에게 가장 영예로운 순간이기도 한 회장 인사말이 갖는 다양한 의의를 살펴보고자 한다.

첫인상 형성

　　인사말은 모임의 첫인상을 형성하는 중요한 요소다. 회장의 첫 인사말을 통해 회원들은 모임이 어떤 성격을 지니고 있으며, 어떠한 주제와 목표를 가지고 있는지 빠르게 파악하게 된다. 회장의 인사말은 단순히 말의 내용뿐만 아니라, 회장의 태도, 언어 표현, 음성 톤 등이 종합되어 회장과 모임에 대한 이미지로써 청중에게 전달된다. 첫인상이 긍정적이고 인사말에 진심이 담겨 있을수록 회원들은 모임에 대해 긍정적인 인식을 가지게 되고, 더 적극적으로 참여하게 된다. 특히 중요한 모임일수록 회장의 인사말은 참석자들에게 모임의 첫인상을 결정짓는 중요한 요소가 되며, 모임의 성공에 중요한 역할을 한다.

가치 전달과 자부심 고취

회장의 인사말은 모임의 핵심 가치와 철학을 전달할 수 있는 중요한 역할을 한다. 모임이 지향하는 가치와 문화를 인사말을 통해 자연스럽게 표현하면, 참석한 회원들은 이 모임이 지향하는 바를 이해하게 되고, 그 가치에 공감할 수 있게 된다. 이는 참석자들이 단순한 참여자를 넘어, 모임의 일원으로서 자부심을 느끼게 만들고, 모임에 대한 책임감을 가지게도 한다. 모임의 가치를 공유함으로써 회원들은 그 가치를 실현하고자 하는 동기부여를 받을 수 있으며, 서로 간의 협력과 소통이 더욱 원활해지는 환경이 조성된다. 이런 방식으로 인사말은 단순한 정보 전달을 넘어서, 모임의 가치와 목표를 실현할 수 있는 강력한 도구가 될 수 있는 것이다.

방향 제시와 비전 공유

회장의 인사말은 모임이 나아갈 방향과 목표를 제시하는 데 중요한 역할을 한다. 회장은 인사말을 통해 조직의 현재 상황을 설명하고, 향후 계획을 공유함으로써 회원들에게 명확한 방향성을 제시할 수 있다. 명확한 비전과 목표는 회원들이 모임에 더욱 적극적으로 참여하게 만들며, 각자의 역할과 책임을 명확히 이해하도록 돕는다. 또한, 회장은 인사말을 통해 비전과 목표를 공유하면서 회원들이 공동의 목표를 향해 협력할 수 있도록 동기부여를 할 수 있다. 이를 통해 회원들은 모임의 방향성을 명확히 인지하고, 모임의 성공적인 진행에 기여할 수 있게 된다.

소속감 및 연대감 증진

회장의 인사말은 회원들에게 소속감을 형성하는 중요한 역할을 한다. 진심 어린 인사말과 따뜻한 환영은 회원들이 모임에서 자신이 중요한 일원임을 느끼게 하며, 이를 통해 자연스럽게 소속감을 느끼게 한다. 이러한 소속감은 특히 새로운 회원들에게 중요하며, 그들이 모임에 편안하게 적응하고 활동할 수 있도록 돕는다. 또한, 회장은 인사말을 통해 참석자들이 공동의 목표를 위해 함께 협력하고 노력해야 한다는 메시지를 전달할 수 있으며, 이를 통해 회원들 간의 연대감이 형성된다. 연대감은 모임의 결속력을 강화시키고, 모임 내 협력적인 분위기를 조성하는 데 큰 도움이 된다.

동기부여 및 참여 유도

회장의 인사말은 회원들에게 동기를 부여하고, 그들이 적극적으로 모임에 참여하도록 유도하는 중요한 역할을 한다. 회장은 자신의 경험과 통찰을 바탕으로 회원들에게 영감을 줄 수 있으며, 이를 통해 회원들이 더 열정적으로 모임에 참여하게 만든다. 특히 열정적이고 격려적인 인사말은 회원들에게 큰 동기부여를 주어, 그들이 모임에서 더 적극적으로 의견을 나누고 활발히 활동에 참여하도록 이끈다. 회장은 인사말을 통해 모임의 목표를 강조하며, 회원들이 적극적으로 참여함으로써 얻을 수 있는 이점과 기회를 강조할 수 있다. 이는 회원들이 성취감을 느끼게 하며, 모임에 대한 지속적인 관심과 열정을 가지도록 유도한다.

감사 표현 및 관계 강화

인사말은 회원들에게 감사의 마음을 전할 수 있는 소중한 기회다. 회원들이 모임에 참여해 준 것에 대해 진심으로 감사의 뜻을 전함으로써, 그들이 자신이 중요한 존재로 인정받고 있다는 느낌을 받게 된다. 감사의 표현은 단순한 예의 이상의 효과를 가지며, 회원들이 모임에 대한 긍정적인 감정을 가지게 하고, 모임에 더 큰 관심과 애정을 쏟도록 만든다. 또한, 감사의 인사는 모임 내에서 인간관계를 강화하는 중요한 역할을 한다. 회원들과의 관계가 돈독해질수록 모임의 분위기는 더욱 따뜻하고 협력적으로 변화하며, 이는 모임의 성공과 지속 가능성에 긍정적인 영향을 미칠 것이다.

회장은 말을 통해 모임을 이끌어 간다. 잘 준비된 인사말은 모임의 분위기를 활기차게 하고, 회원들에게 자부심과 동기를 불어넣으며, 함께 나아갈 목표와 방향을 제시하는 중요한 역할을 한다. 회장의 인사말은 단순한 환영의 메시지를 넘어, 회원들의 참여를 통해 모임을 성공으로 이끄는 중요한 수단인 것이다. 회장 인사말이 이런 역할을 하기 위해 사전 준비는 필수이며, 회장은 공감을 바탕으로 비전과 동기를 전하는 진심 어린 인사말을 할 수 있어야 한다.

회장 인사말에 담겨야 할 내용

행사에서 회장이 전하는 짧은 인사말은 당일 모임의 분위기를 결정짓는 중요한 역할을 한다. 활기차고 격려가 담긴 회장의 말 한마디는 회원들에게 긍정적인 에너지를 전달하며, 모임에 대한 참여 의지를 높이고 응원과 협력을 이끌어 낸다. 이렇게 고취된 회원들의 열정은 모임을 성공으로 이끄는 강력한 원동력이 된다. 모임의 성공 여부가 회장의 인사말에서부터 시작된다고 해도 과언이 아닐 만큼, 그 영향은 실로 크다. 이러한 중요성을 지닌 회장의 인사말에는 어떤 내용을 담아야 할지 함께 살펴보고자 한다.

회원들에 대한 감사 표현

회장의 인사말에서 가장 중요한 첫 단계는 회원들에 대한 진심 어린 감사 표현이다. 회원들은 지속적으로 모임을 지지하고 참여해준 중요한 존재들로, 이들의 노고와 참여에 대한 감사를 적절하게 표현함으로써 모임에 대한 긍정적인 분위기를 만들 수 있다. 특히 오늘 행사를 위해 자리를 빛내 준 참석자들뿐만 아니라, 과거부터 꾸준히 모임을 지지해준 모든 회원들에게 감사를 전하는 것이 바람직하다. 이렇게 함으로써 회원들은 본인의 기여가 인정받고 있다는 느낌을 받게 되어, 앞으로도 모임에 더 큰 열정과 성원을 보내게 될 것이다.

"오늘 이 자리에 참석해주신 모든 교우 여러분께 깊은 감사의 말씀을 드립니다. 교우님들의 지속적인 성원과 참여가 우리 교우회 발전의 원동력입니다."

참석 내외빈에 대한 감사 인사

인사말에서 내외빈에 대한 감사는 그들의 중요한 역할과 지원에 대한 존중을 표현하는 필수적인 요소이다. 특히 외부에서 참석한 귀빈들에게 감사 인사를 전함으로써 모임의 외부적 지지와 협력에 대한 가치를 부각시킬 수 있다. 내빈들에 대한 감사 인사를 하며 모임의 격을 높이고, 그들의 기여에 대한 진심을 표하는 것이 좋다. 이를 통해 내외부의 주요 참석자들은 자신이 존중받고 있음을 느끼고, 모임에 대한 관심과 참여 의지를 더욱 높일 수 있다.

"오늘 이 자리에 귀한 시간을 내어 참석해 주신 ○○대학교 경영전문대학원 ○○○ 원장님, AMP과정 ○○○ 주임교수님, 참석해 주셔서 감사합니다. 우리 ○○AMP 교우회의 기틀을 만들어 주신 ○○○ 고문님, 우리 AMP 교우회 전성기를 이끄셨던 ○○○ 고문님, 참석해 자리를 빛내주셔서 진심으로 감사드립니다."

당일 행사의 의의

　당일 행사의 의의를 설명하는 부분은 인사말의 핵심 요소 중 하나로, 오늘의 행사가 가지는 역사적, 상징적 가치를 참석자들에게 전달하는 것이다. 이를 통해 참석자들은 행사의 중요성을 깊이 인식하게 되고, 자부심을 느낄 수 있다. 행사의 전통과 규모, 그리고 모임의 발전 방향을 언급하여 참석자들이 이 행사가 얼마나 중요한 의미를 가지고 있는지, 그리고 앞으로 이끌어갈 모임의 미래가 얼마나 중요한지에 대해 인식시켜야 한다.

　"오늘 행사는 50여 년의 역사를 가진 우리 교우회의 전통을 기념하고, 앞으로의 방향을 모색하는 중요한 자리입니다. 이 자리를 통해 우리의 결속력을 다지고, 자타가 공인하는 대한민국 최고의 교우회로서 미래를 함께 설계하는 시간이 되길 바랍니다."

모임의 현황과 자부심

　모임의 현황을 소개하고, 참석자들이 자부심을 느낄 수 있도록 하는 것은 인사말의 중요한 목적 중 하나다. 이 부분에서는 모임이 최근 달성한 성과와 발전 사항을 구체적으로 언급하며, 회원들이 모임의 일원으로서 자부심을 느낄 수 있도록 해야 한다. 예를 들어, 사회적 기여나 교류 행사, 기타 중요한 성과를 강조하여 모임의 위상과 역할을 상기시키면, 참석자들은 자신의 기여가 모임에 긍정적인 영향을 미쳤음을 느끼고 더욱 적극적으로 참여할 동기부여를 얻게 된다.

"우리 교우회는 지난 한 해 동안 남아프리카 공화국 케이프타운 컬리처 지역에 102채의 주택을 건립하여 기부했으며, 80팀 320여 명이 참가한 '총교우회장배 골프대회'를 개최하였고, 700여 교우와 가족이 참석한 '송년 후원의 밤' 진행 등 사회 공헌과 교우회 사업 실적 면에서 최고의 한 해를 보냈습니다. 교우님들의 적극적인 참여와 지원 덕분에 이러한 성과를 이루어낼 수 있었습니다."

모임이 지향하는 방향과 목표

모임이 앞으로 나아가야 할 방향과 목표를 제시하는 것은 회장의 인사말에서 중요한 부분이다. 회장은 모임이 나아갈 방향과 비전을 명확히 제시하고, 회원들이 이에 공감하고 동참할 수 있도록 격려해야 한다. 모임의 구체적인 목표와 그 비전을 어떻게 실현할 계획인지 설명함으로써, 회원들에게 미래에 대한 기대감을 심어줄 수 있다.

"우리 교우회는 앞으로도 서로 교류하고 친목하며, 함께 성장하는 교우회를 만드는 것을 목표로 하고 있습니다. 이를 위해 교우회는 다양한 행사 진행을 통한 교류의 기회를 제공하고, 교우들 간의 협력을 더욱 강화하는 프로그램들을 운영하고자 합니다."

마무리

인사말의 마무리는 긍정적인 분위기 속에서 행사를 성공적으로 이어가도록 하는 중요한 부분이다. 행사에 대한 기대감을 높이며, 참석자들이 즐거운 마음으로 행사를 즐길 수 있도록 격려한다. 다시 한번 감사와 축하의 인사를 전하며, 행사의 시작을 축하하는 분위기를 이어가야 한다. 이를 통해 참석 회원들은 긍정적인 에너지 속에서 행사를 즐기고, 모임의 목표와 가치를 공유하는 기회를 갖게 된다.

"오늘 행사를 통해 서로가 가진 것을 나누고 배울 수 있기를 바라며, 다시 한번 여러분의 참여에 깊은 감사를 드립니다. 즐거운 시간 보내시길 바랍니다."

회장의 인사말은 단순한 환영사를 넘어 모임의 가치와 목표를 명확히 제시하고, 회원들 간의 유대감을 강화하는 중요한 역할을 한다. 인사말에 담긴 감사의 표현, 성과 공유, 미래 비전 제시는 참석자들에게 긍정적인 동기부여와 자부심을 심어 주며, 모임에 대한 지속적인 관심과 참여를 이끌어 낸다. 앞에 열거한 다양한 요소들을 상황에 맞게, 유연하게 조합함으로써 회장은 더 효과적이고 진정성 있는 메시지를 전달할 수 있으며, 이를 통해 모임의 성공과 결속을 더 견고히 다질 수 있을 것이다.

회장 인사말의 요령

회장의 인사말은 모임의 지향하는 바를 분명히 담아내야 하고, 회원들의 지지와 응원을 이끌어낼 수 있는 방식과 태도로 전달되어야 한다. 메시지 내용이 좋아야 되는 것은 기본이지만, 이것만으로 완벽한 인사말이 되지는 않는다. 기대하는 효과를 충분히 발휘할 수 있는 인사말이 되려면 여러 요소가 조화를 이뤄야 한다. 이를 위한 몇 가지 요령을 잘 한다면, 회장의 인사말은 더욱 힘 있고 설득력 있게 전달될 수 있을 것이다. 성공적인 인사말을 위한 요령을 정리해 보았다.

간결하고 명료하게

　　인사말은 짧고 간결하게 하는 것이 효과적이다. 너무 길어지면 청중의 집중력은 떨어지고, 메시지가 희석될 수 있다. 핵심 메시지를 먼저 정리하고, 그 메시지를 명확하게 전달할 수 있도록 준비해야 한다. 사전에 작성된 원고를 통해 전달하고자 하는 바가 정확히 표현되었는지 확인하는 것이 중요하다. 특히, 시간에 맞는 분량인지 체크하기 위해 직접 낭독하면서 그 길이를 조정하는 것이 필요하다.

　　짧고 간결한 인사말은 임팩트가 크다. 불필요한 설명을 줄이고, 핵심을 강조한 후 핵심 메시지를 반복함으로써 참석자들의 기억에 오래 남을 수 있도록 해야 한다. 이를 위해 반드시 사전에 원고를 작성하고, 이를 바탕으로 연습을 통해 메시지의 강약을 조절할 필요가 있다.

진심어린 감사의 표현

감사는 회장 인사말에서 가장 중요한 요소 중 하나다. 참석해 준 회원들에 대한 진심 어린 감사는 참석자들로 하여금 긍정적인 반응을 이끌어 낸다. 특히, 새로운 회원이나 중요한 인물들에게는 특별히 감사의 마음을 전하며 그들의 참여를 인정하고 환영해야 한다. 인사말의 첫머리와 마지막에 감사의 메시지를 담는 것은 참석자들에게 환영받고 있다는 느낌을 줄 수 있는 좋은 방법이다.

진정성이 담긴 감사의 표현은 참석자들에게 회장의 마음을 전달하며, 모임에 대한 긍정적인 이미지를 형성하게 한다. 감사의 마음이 가식적으로 들리지 않도록 진정성을 담아야 하며, 구체적인 감사의 이유를 밝히면 효과가 배가될 수 있다. 예를 들어, 참석한 회원들의 참여나 기여에 대한 구체적인 언급은 참가자들에게 더욱 큰 의미로 다가올 것이다.

주제와 목적을 명확히 표현

회장의 인사말에서 주제와 목적을 명확히 밝히는 것은 회원들이 모임의 방향성을 이해하는 데 필수적이다. 모임이 진행되는 이유와 그로 인해 얻고자 하는 바를 명확히 언급함으로써 회원들이 모임의 목표를 이해하고 이를 바탕으로 더 적극적으로 참여하도록 한다.

또한, 모임의 주제와 목표에 부합하는 방향으로 행사를 이끌어가겠다는 의지를 밝히는 것도 중요하다. 회장은 이 인사말을 통해 회원들이 행사나 모임이 어떤 목표를 가지고 있으며, 그것이 자신들의 목표와 어떻게 연결될 수 있는지 분명히 이해할 수 있도록 도와주어야 한다. 명확한 주제와 목표를 전달함으로써, 회원들은 행사에 대해 더 큰 관심을 가지게 되고, 적극적으로 동참하게 될 것이다.

개인적인 이야기 포함

인사말에서 회장의 개인적인 경험이나 일화를 포함하는 것은 청중의 관심을 끌고, 공감대를 형성하는 데 매우 효과적이다. 인사말에 모임의 주제와 관련된 자신의 경험을 포함하면, 청중은 회장의 인사말에 더욱 몰입하게 되고, 그 메시지가 더 깊은 의미로 다가온다. 개인적인 경험을 나누면 회장과 회원 간의 거리가 좁아지며, 인간적인 연결고리가 형성될 수 있다.

회장이 자신의 과거 경험을 통해 얻은 교훈이나 인사이트를 공유하면, 참석자들은 이를 자신의 상황과 연결하여 더 큰 감동을 받을 수 있다. 또한, 이런 개인적인 이야기는 청중의 흥미를 유발하고, 인사말이 지루하지 않도록 만들어 줄 수 있다. 이는 인사말의 진정성을 더하고, 회장과 회원 사이의 신뢰와 공감을 높이는 데 큰 도움이 될 것이다.

낭독 연습

인사말의 자연스러운 전달을 위해서 낭독 연습은 필수적이다. 글로만 작성된 원고는 실제로 말로 전달될 때 부자연스러울 수 있기 때문에, 작성한 내용을 여러 번 낭독하면서 발음, 속도, 억양 등을 점검할 필요가 있다. 낭독을 통해 어떤 부분에서 호흡을 해야 하는지, 어떤 단어들이 발음이 어려운지 등을 확인하고, 그에 맞게 원고를 조정할 필요가 있다.

또한, 반복적인 낭독 연습은 행사 당일 긴장을 줄이고, 자연스러운 전달을 가능하게 한다. 여러 차례 연습을 통해 어투와 억양을 조정하고, 청중에게 메시지를 더욱 효과적으로 전달할 수 있는 방법을 찾아야 한다. 낭독을 통해 얻어진 자신감은 청중 앞에서의 실수 확률을 줄이고, 더욱 자연스럽고 안정적인 인사말을 가능하게 할 것이다.

유머와 긍정적인 언어 사용

적절한 유머는 분위기를 부드럽게 만들고, 청중의 긴장을 풀어주며 집중력을 높이는 데 매우 효과적이다. 회장은 유머를 통해 회원들과의 거리를 좁히고, 자연스럽게 메시지를 전달할 수 있다. 그러나 유머는 지나치게 많거나 불필요하게 사용될 경우 본래 메시지를 희석시킬 수 있으므로 적절한 균형을 유지하는 것이 중요하다.

유머뿐만 아니라 회장의 언어는 전체적으로 긍정적이어야 한다. 긍정적인 언어는 모임의 분위기를 밝게 만들고, 회원들에게 활력을 줄 수 있다. 회장이 사용하는 긍정적이고 격려하는 언어는 회원들에게 모임에 대한 기대감을 높이고, 모임에 적극적으로 참여하도록 이끄는 동력이 된다. 이러한 긍정적인 에너지는 모임의 성과를 극대화하고, 성공적인 결과를 이끌어 내는 중요한 촉매제가 될 것이다.

회장의 인사말은 형식적인 절차를 넘어, 모임의 분위기와 흐름을 좌우하는 핵심적인 역할을 한다. 간결하고 명료한 메시지 전달, 진심이 담긴 감사, 개인적인 경험을 통한 공감 형성, 자연스러운 낭독 연습, 그리고 긍정적인 언어와 적절한 유머 사용 등 이 모든 요소가 조화를 이룰 때, 회장의 인사말은 회원들에게 깊은 인상을 남기고 모임의 분위기를 성공적으로 이끌어갈 수 있다. 회장은 이러한 요령들을 통해 효과적이고 의미 있는 인사말을 준비하여, 회원들의 적극적인 참여를 이끌어내고 모임의 궁극적인 목표를 달성할 수 있도록 해야 한다.

회장 인사말의 주의해야 할 사항

회장의 인사말은 단순한 환영의 의미를 넘어서, 모임의 이미지를 형성하고 참석자들이 모임의 수준을 평가하는 중요한 요소가 되기도 한다. 회장의 인사말은 향후 행사 참여 여부에 대한 회원들의 의사결정에 영향을 미치기도 한다. 따라서 회장은 실수를 최소화하고, 인사말이 긍정적인 인상을 남길 수 있도록 신중하게 준비해야 한다. 회장 인사말을 성공적으로 전달하기 위해서는 아래와 같은 주의 사항들이 있다는 것을 유념해야 한다.

시의적절한 메시지 내용 담기

인사말의 핵심 중 하나는 모임과 관련된 주제에서 벗어나지 않는 것이다. 인사말은 반드시 모임의 성격에 맞는 내용을 포함하고, 회원들의 관심사와 분위기를 반영해야 한다. 회원들의 기대에 부응하는 인사말은 자연스럽게 집중을 이끌어내고, 모임의 목적을 명확히 전달하는 데 도움을 준다.

예를 들어, 간단한 시사 이슈나 경기 상황을 언급하는 것은 참석자들의 흥미를 끌 수 있지만, 지나치게 깊거나 전문가적 견해가 필요한 주제는 피하는 것이 좋다. 특히, 세계 경제나 정치와 같이 복잡하고 논쟁적인 주제에 대한 세부적인 설명은 참석자들에게 혼란을 줄 수 있으며, 신뢰감을 떨어뜨릴 수 있다. 인사말의 주제는 항상 모임의 취지에 맞아야 하고, 참석자들이 쉽게 이해할 수 있는 범위 내에서 이야기하는 것이 좋다.

자신의 언어를 사용하기

회장의 인사말은 평상시에 사용하는 언어로 자연스럽게 전달되어야 한다. 너무 복잡하거나 어려운 단어를 사용하면 오히려 부자연스럽게 느껴질 수 있으며, 청중이 인사말을 부담스럽게 받아들일 수 있다. 평소 회장이 사용하는 말투와 어조를 유지하는 것이 가장 편안하고 진정성 있게 들린다.

만약 회장의 말투가 인위적이거나 지나치게 형식적이라면, 청중은 회장의 인사말이 진정성이 없다고 생각할 것이다. 그러므로, 회장은 자신의 언어와 표현 방식을 평상시 그대로 유지하며 자연스럽게 이야기해야 한다. 이는 참석자들에게 신뢰감을 줄 뿐 아니라, 회장의 인사말에 대한 집중도를 높이는 데 도움을 줄 것이다.

공격적이거나 부정적인 표현 피하기

인사말에는 긍정적이고 희망적인 메시지가 담겨야 한다. 회장의 인사말이 누군가를 비판하거나 특정 그룹을 공격하는 내용을 담고 있다면, 모임의 분위기는 금방 차가워질 수 있으며, 참석 회원들은 불편함을 느낄 것이다. 회장이 인사말에서 자주 누군가를 비난한다면, 회원들은 자신이 비난의 대상이 될 수 있다는 불안감을 느끼게 되어 모임에 소극적으로 임하게 될 가능성이 크다.

따라서 인사말에서 부정적인 언어와 표현을 자제하고, 긍정적이고 모두가 공감할 수 있는 메시지를 전달하는 것이 중요하다. 긍정적인 인사말은 모임의 분위기를 밝게 만들고, 회원들에게 동기부여를 한다. 이는 회원들이 모임에 대해 긍정적인 기대감을 가지게 하고, 적극적으로 참여하도록 독려하는 역할을 할 것이다.

정치·종교적 주제 피하기

정치나 종교와 같은 주제는 매우 민감하기 때문에 인사말에서 다루지 않는 것이 바람직하다. 회장이 아무리 큰 권위를 가지고 있더라도, 회원들의 정치적 성향이나 종교적 신념을 바꾸게 할 수는 없다. 이 두 가지 주제는 많은 사람들이 민감하게 반응할 수 있고, 모임의 분위기를 분열시킬 가능성이 높다.

정치적 주제는 논쟁을 일으킬 수 있고, 종교적 주제는 다른 신념을 가진 회원들에게 불편함을 줄 수 있다. 회장은 모든 회원들이 공감하고 관심을 가질 수 있는 주제를 선택하며, 모임의 성격에 맞는 긍정적인 이야기를 통해 회원들을 하나로 이끌어야 한다.

시간 준수

인사말의 적절한 길이는 참석자들의 집중력을 유지하는 데 매우 중요한 요소다. 인사말이 지나치게 길어지면 참석자들은 지루함을 느끼게 되고, 모임자체에 대해 흥미를 잃을 것이다. 일반적으로 3분 내외의 짧고 간결한 인사말이 가장 이상적이며, 그 이상 길어질 경우 핵심 메시지가 흐려질 수 있다.

사전에 인사말의 분량을 확인하고, 시간을 준수하는 연습을 통해 적절한 길이를 유지해야 한다. 아무리 좋은 내용을 담고 있는 인사말이라도 길고 지루하면 반감을 불러일으켜 제대로 전달되지 않는다. 오히려 역효과를 내는 것이다. 시간에 맞는 간결하고 명료한 인사말은 참석자들에게 좋은 인상을 남기며, 모임을 성공적으로 이끌어가는 데 중요한 역할을 한다는 사실을 명심해야 한다.

상황에 맞는 복장과 태도

회장은 모임의 성격에 맞는 복장과 태도를 통해 참석한 회원들에게 좋은 인상을 남길 수 있다. 적절한 복장은 모임의 수준과 회장의 권위를 상징하며, 참석자들에게 존중받는 느낌을 줄 수 있다. 회장은 행사에 맞는 격식을 갖춘 복장을 하고, 인사말을 할 때 정중하고 예의 바른 태도를 유지해야 한다.

회장의 태도는 모임의 분위기를 결정하는 중요한 요소다. 인사말을 할 때는 자신감 있고 단정한 자세를 유지하면서도, 청중을 존중하는 태도를 보여야 한다. 회장은 회원들이 모임의 리더로서의 권위와 품위를 느낄 수 있도록 주의 깊게 행동해야 한다. 이러한 태도와 외형은 회원들에게 모임에 대한 긍정적인 인상을 심어주며, 회원으로서의 자존감과 모임의 수준을 높이는 데 기여한다.

회장의 인사말은 모임의 이미지를 형성하고, 회원들에게 모임의 수준을 평가하게 하는 중요한 요소다. 시의적절한 내용, 자신의 언어 사용, 긍정적 메시지, 정치·종교적 주제 피하기, 시간 준수, 그리고 적절한 복장과 태도는 모두 성공적인 인사말을 위한 핵심 사항들이다. 회장은 이 모든 요소를 고려하여 작성된 인사말을 통해 모임을 성공적으로 이끌어갈 수 있어야 한다.

회장의 언어(말)

회장의 언어는 모임의 수준을 평가하게 하는 중요한 바로미터다. 회장의 말 한마디는 회원들에게 자긍심을 심어줄 수도 있지만, 반대로 자괴감을 느끼게 할 수도 있다. 특히, 새로운 회원들은 회장의 언어를 통해 모임에 대한 첫인상을 갖게 되며, 이는 그들이 모임에 얼마나 잘 적응하고 참여할지를 결정짓는 중요한 요인이 되기도 한다. 회장은 자신의 말과 언어를 통해 모임을 이끌어가며, 그 말의 톤과 내용에 따라 리더십의 결과가 달라질 수 있다. 회장의 언어는 단순한 소통 수단을 넘어 모임의 성패를 좌우할 정도로 중요한 영향을 미친다. 따라서 회장은 언어 사용에 각별한 주의를 기울여야 하며, 이를 위해 고려해야 할 몇 가지 사항을 아래에 정리했다.

공손하고 예의 바른 언어 사용

회장은 모든 참석자를 존중하고 예의를 갖춘 언어를 사용해야 한다. 언어는 사람 간의 관계를 형성하는 첫걸음이며, 이를 통해 회원들은 모임에서 자신이 존중받고 있다는 느낌을 받는다. 특히, 비속어나 경솔한 표현은 모임의 품격을 낮출 수 있으므로, 회장은 이를 반드시 피해야 한다. 반말의 사용은 친밀감을 형성하는 데 도움을 줄 수 있지만, 때로는 나이 어린 회원들에 대한 존중감을 감소시키고 불편함을 줄 수 있다. 적절한 경어와 정중한 표현을 통해 모임의 격을 높이고 회원 간의 상호 존중과 신뢰 분위기를 구축하는 것이 중요하다.

긍정적인 표현 사용

언어는 분위기를 조성하는 강력한 도구다. 긍정적이고 희망적인 언어는 모임의 분위기를 밝고 활기차게 만들 수 있다. 반면, 부정적이거나 비판적인 표현은 모임의 분위기를 경색시키고, 회원들의 사기를 저하시킬 수 있다. 회장이 긍정적인 언어를 사용할 때, 회원들은 더욱 적극적으로 참여하고 문제 해결에 있어서도 건설적인 자세를 취하게 된다. 특히, 모임의 리더인 회장은 문제를 지적하기보다 해결책을 제시하는 긍정적 리더십을 보여줌으로써 회원들에게 모임에 대한 신뢰감을 심어줄 수 있어야 한다.

포용적인 언어 사용

회장은 모든 회원들을 포용할 수 있는 언어를 사용해야 한다. 다양성을 존중하는 언어는 모임 내에서 서로 다른 배경과 견해를 가진 회원들이 함께 어울리도록 돕는다. 특정 개인이나 그룹을 배제하거나 차별하는 언어는 절대 사용해서는 안 된다. 모든 참석자가 자신의 목소리가 존중받고 있음을 느낄 때, 회원들은 소속감을 갖고 더 적극적으로 모임에 참여하게 된다. 또한, 회장은 다양한 의견을 존중하며, 그 의견들을 통합하여 하나로 이끌어 갈 수 있어야 한다.

명확하고 간결한 언어 사용

명확하고 간결한 언어는 모임의 메시지를 전달하는 데 필수적이다. 복잡하거나 모호한 표현은 청중을 혼란스럽게 만들고, 모임의 목적이나 의도를 희석시킬 수 있다. 회장은 핵심 메시지를 명확하게 전달해야 하며, 불필요한 설명이나 장광설을 피하는 것이 좋다. 이를 위해 사전 원고 작성을 통해 말하고자 하는 바를 명료하게 정리하는 것이 필요하다. 짧고 간결한 언어로 핵심을 전달할 때, 참석자들은 회장의 메시지를 더 명확하게 이해할 수 있을 것이다.

적절한 유머 사용

회장의 언어에 때때로 적절한 유머를 포함시킬 것을 적극 권한다. 유머는 모임의 분위기를 밝고 부드럽게 만들어 참석자들이 긴장감을 풀고 편안하게 대화를 나눌 수 있게 한다. 회장은 평소 유머 감각이 부족하더라도 모임의 분위기를 좋게 만들기 위해 적절한 유머를 준비할 필요가 있다. 그러나, 유머에 지나치게 가볍거나 불쾌감을 줄 수 있는 표현을 사용하지는 않도록 주의해야 하며, 성적인 유머는 특히 피해야 한다. 적절한 유머는 참석자들에게 긍정적인 인상을 남기고, 모임에 대한 애착을 높이는 효과적인 역할을 할 수 있다.

감사와 칭찬의 언어 사용

회장은 회원들의 기여와 노고에 대해 진심 어린 감사와 칭찬을 표현해야 한다. 이는 회원들에게 인정받고 있다는 느낌을 주어 모임에 대한 애착을 높이고, 더 적극적으로 참여하도록 유도한다. 감사의 언어는 그 자체로도 강력한 동기부여가 될 수 있으며, 회장의 칭찬은 회원들이 성취감을 느끼고 모임의 목표에 더 헌신하게 만든다. 따라서 회장은 기회가 있을 때마다 회원들에게 감사와 칭찬을 아끼지 말고 표현해 주는 것이 좋다.

회장의 언어는 모임의 성공 여부를 결정짓는 중요한 요소다. 회장은 공손하고 예의 바른 언어, 긍정적이고 포용적인 표현, 그리고 명확하고 간결한 메시지를 통해 회원들과 소통해야 한다. 또한, 적절한 유머와 감사의 표현은 모임의 분위기를 밝게 하고 회원들 간의 신뢰를 쌓는 데 큰 도움이 된다. 회장은 자신의 언어가 가져올 파급 효과를 항상 염두에 두고, 이를 통해 모임의 성공을 이끌 수 있도록 주의 깊게 언어를 사용해야 한다. 언어는 리더십을 발휘하는 도구이며, 그 도구를 얼마나 현명하게 사용하는가에 따라 모임의 성패가 좌우될 수 있음을 명심해야 할 것이다.

인사말 전달 시의
바디랭귀지와 태도

인사말의 핵심 도구는 말이다. 하지만 말만으로 인사말의 모든 것을 표현할 수 있는 것은 아니다. 때로는 비언어적 요소들이 말의 메시지를 반감시킬 수도 있다. 결국 인사말은 말로 전달되는 메시지와 비언어적 요소인 자세, 손짓, 표정, 시선 등의 바디랭귀지가 조화를 이룰 때 비로소 완성된다. 이 장에서는 바디랭귀지와 태도가 인사말 전달에 미치는 영향을 살펴보고, 이를 효과적으로 활용하는 방법을 알아보고자 한다.

자세와 태도의 중요성

올바른 자세는 인사말의 신뢰성과 진정성을 높이는 데 중요한 역할을 한다. 몸을 지나치게 움츠리거나 긴장된 자세는 자신감이 부족해 보일 수 있고, 반대로 과도한 움직임은 청중에게 산만한 인상을 줄 수 있다. 반듯한 자세는 자신감을 나타내며, 청중에게 안정감을 주어 긍정적인 인상을 심어준다. 등을 곧게 펴고 가슴을 열어 보이는 바른 자세는 청중이 회장을 신뢰하게 만드는 중요한 요소 중 하나다. 또한 자세는 회장의 태도를 직접적으로 반영하기 때문에, 편안하면서도 단정한 자세를 유지하는 것이 중요하다.

적절한 손짓과 몸짓의 활용

손짓과 몸짓은 인사말의 의미를 시각적으로 보완하는 역

할을 한다. 중요한 부분을 강조할 때 적절한 손짓을 사용하면 청중의 주의를 끌고 집중도를 높일 수 있다. 예를 들어, 메시지의 핵심을 설명할 때 손을 살짝 들어 올리거나 결론을 내릴 때 손을 모아 말하는 동작은 메시지를 더 강렬하게 전달할 수 있다. 하지만 과도한 손짓이나 지나친 몸짓은 오히려 집중을 방해할 수 있다. 청중은 메시지보다 과도한 제스처에 집중할 수 있기 때문에 손짓은 절제되어야 하며, 말과 자연스럽게 연결되는 정도로만 사용해야 한다.

시선과 눈 맞춤의 효과

시선과 눈 맞춤은 인사말에서 매우 중요한 비언어적 소통 수단이다. 청중과 눈을 맞춤으로써 소통이 이루어지고 있다는 느낌을 줄 수 있으며, 이를 통해 신뢰감과 유대감이 형성된다. 눈을 맞추지 않으면 청중은 회장이 자신들에게 관심을 두지 않는다고 느낄 수 있다. 시선은 한 사람에게만 집중하지 않고 청중 전체를 골고루 바라보는 것이 중요하다. 청중과의 눈 맞춤은 회장의 자신감과 진정성을 전달하는 수단이기 때문에, 이를 통해 청중과 소통하고 있다는 인상을 주는 것이 필수적이다.

표정 관리

표정은 인사말의 분위기를 결정하는 데 중요한 역할을 한다. 지나치게 엄숙하거나 무표정한 얼굴은 청중에게 불편함을 줄 수 있고, 반대로 과장되거나 지나치게 웃는 표정은 인사말의 진정성을 떨어뜨릴 수 있다. 적절한 미소와 자연스러운 표정은 청중에게 따뜻하고 신뢰감 있는 메시지를 전달하는 데 도움이 된다. 감사의 마음을 표현할 때 부드러운 표정은 진정성을 더하고, 진지한 메시지를 전달할 때 단호한 표정은 신뢰감을 높여준다. 표정은 단순한 말 이상의 효과를 가지고 있으므로, 적절히 조절해 활용할 필요가 있다.

호흡과 목소리 톤 조절

목소리 톤과 호흡은 인사말의 전달력을 결정짓는 중요한 요소다. 지나치게 높거나 낮은 톤은 청중의 집중을 방해할 수 있으므로, 적절한 톤으로 말하는 것이 중요하다. 또한 호흡이 불규칙하면 말이 끊기거나 일관되지 않게 들릴 수 있다. 차분하고 규칙적인 호흡을 통해 안정감 있게 메시지를 전달해야 하며, 말의 흐름이 자연스럽게 이어질 수 있도록 해야 한다. 말하기 전에 충분히 호흡을 가다듬고, 발음을 명확히 하는 연습이 필요하다.

연습을 통한 바디랭귀지 익히기

자연스러운 바디랭귀지를 익히기 위해서는 꾸준한 연습이

필요하다. 연습을 통해 자신의 자세와 손짓, 시선, 표정을 점검하고, 자연스럽게 사용할 수 있도록 하는 것이 중요하다. 특히 중요한 행사나 공식적인 자리에서는 이러한 비언어적 요소들이 더욱 강조되므로, 사전 연습을 통해 준비해야 한다. 피드백을 통해 자신의 바디랭귀지가 청중에게 어떻게 전달되는지 확인하고 개선하는 과정이 필요하다. 이를 통해 보다 자연스럽고 진정성 있는 인사말을 전달할 수 있을 것이다.

결론적으로, 인사말을 전달할 때는 말의 내용뿐만 아니라 비언어적 요소들도 중요한 역할을 한다. 자세, 손짓, 시선, 표정, 목소리 톤 등의 요소는 인사말의 신뢰성과 진정성을 높이고, 청중과의 소통을 강화하는 데 크게 기여한다. 이러한 요소들이 자연스럽게 조화를 이룰 때, 인사말의 효과는 극대화되며 청중에게 깊은 인상을 남길 수 있다. 회장은 이러한 비언어적 요소들을 인사말 준비 과정에서 충분히 고려하고, 연습을 통해 자연스럽게 활용할 수 있도록 노력해야 한다.

회장 인사말 예문

취임식 · 이임식

- 취임식
- 이임식

취임사

🖋 행사 개요

교우회장으로 취임하는 자리에서 하는 첫 번째 연설이다. 교우들에게 첫 메시지를 전하면서 첫 인상을 주는 행사이므로 정리된 내용을 차분하게 전달할 수 있어야 한다. 어느 때보다 모임을 어떻게 이끌어갈 것인지에 대한 내용 등을 체계적으로 작성하여 많은 연습 과정을 거친 후 연단에 서야 한다. 새로운 회장이 모임을 위해 어떤 자세로 무엇을 하려고 하는지를 처음 말하는 시간이므로 모든 회원이 귀 기울여 들을 것이기 때문이다.

🖋 주요 내용

• 교우, 내외빈에 대한 감사 인사
• 전임 회장의 업적에 대한 칭송과 감사
• 큰 소임을 맡은 것에 대한 소감
• 비전과 목표
• 협조 요청
• 약속과 결의

🖋 권장 분량 : 3분 내

존경하는 교우 여러분!

오늘 저는 고대 AMP 교우회 제○○대 회장으로 취임하게 되어 무한한 영광과 함께 막중한 책임감을 느끼고 있습니다. 50여 년의 전통을 자랑하며, 대한민국 각계각층에서 활약하고 있는 5,100여 명의 교우들로 구성된 고대 AMP 교우회는 명실 상부 대한민국 최고를 자랑하고 있습니다. 이러한 훌륭한 교우회를 이끌게 된 저는 선배님들께서 이뤄낸 위대한 성과를 지키고, 앞으로 더욱 성장하는 교우회를 만들어 나가겠다는 각오로 이 자리에 섰습니다.

오늘 이 자리를 빛내주신 귀한 외빈들께 먼저 감사의 인사를 드립니다.

— 고려대학교 ○○○ 총장님
— 고려대학교 교우회 ○○○ 회장님
— 고려대학교 경영전문대학원 ○○○ 원장님

바쁘신 와중에도 참석해주셔서 감사드립니다.

그리고 지금의 고대 AMP 교우회를 설계하고 발전시켜 주신 고문님들께도 깊은 감사의 말씀을 드립니다.

— 제10대 교우회 회장을 역임하신 ○○○ 고문님
— 11대 ○○○ 고문님

- 14, 15, 16대 ○○○ 고문님
- 17, 18대 ○○○ 고문님
- 19대 ○○○ 상임고문님
- 그리고 제20대, 제21대 교우회를 훌륭하게 이끌어 오신 ○○○ 회장님

교우회를 위해 헌신해 주신 열정과 노고에 깊은 존경과 감사를 드립니다.

특히 코로나19라는 어려운 상황 속에서도 교우회를 온전히 유지하고 훌륭하게 이끌어주신 ○○○ 회장님께 진심으로 감사드리며, 그간의 노고에 깊은 존경을 표합니다.

저는 회장으로서 무엇보다도 코로나로 위축된 교우회의 다양한 활동을 빠르게 정상화하는 데 최선을 다할 것입니다. 내년 교우회 일정을 차질 없이 진행하여, 교우회가 다시금 활기차게 움직이는 모습을 보여드리겠습니다. 특히 모든 동호회가 코로나 이전처럼 활발히 활동할 수 있도록 총교우회 차원에서 아낌없이 지원하겠습니다. 또한, 정상화된 교우회와 동호회 활동을 적극적으로 홍보하여, 더 많은 교우들이 참여할 수 있도록 하겠습니다.

고대 AMP의 큰 장점 중 하나는 훌륭한 인적 네트워크입니다. 우리 교우회에서는 교우들 간 사업 연계를 목적으로 활

동하는 비즈니스위원회가 이 부분에 중요한 역할을 하고 있습니다. 저 역시 임기 동안 비즈니스위원회가 교우들 간 실질적인 사업 연결의 플랫폼으로서 더 큰 역할을 할 수 있도록 더 적극적으로 지원하겠습니다. 신뢰와 협력을 바탕으로 서로의 성공을 나누는 진정한 교우 네트워크가 만들어질 수 있도록 힘쓰겠습니다.

더불어, 능력과 역량을 가진 훌륭한 인재들이 고대 AMP에 더욱 많이 입학할 수 있도록 신입 교우 유치 프로그램을 강화할 것입니다. 또한, 단순한 만남을 넘어서 유익한 정보와 새로운 지식을 공유할 수 있는 장을 만들겠습니다. 독서 토론회, 저자 초청 강연회 등을 통해 지속적으로 배우고 성장할 수 있는 AMP교우회를 만들어 가겠습니다.

존경하는 교우 여러분!

저 혼자만의 열정으로는 아무것도 이룰 수 없습니다. 교우 여러분의 관심과 참여, 그리고 성원이 있어야만 우리 교우회가 더욱 발전할 수 있습니다. 제가 앞장서서 최선을 다해 이끌어 나가겠습니다. 교우 여러분들께서도 함께 동행해 주시기를 진심으로 부탁드립니다.

경청해 주셔서 감사합니다.

이임사

🖊 행사 개요

2년의 임기를 마치는 회장의 이임식과 새로 2년의 임기를 시작하는 회장의 취임식이 같이 진행된다. 임기를 마치는 회장의 마지막 행사이기 때문에 임기를 마무리하는 메시지가 필요하다. 소회를 밝히고 임기 중 성과에 대한 설명을 하되 너무 장황하게 자화자찬하는 것은 바람직하지 않다. 오히려 신임 회장에 대한 소개와 기대에 더 방점을 찍는 것이 분위기상 더 바람직하다.

🖊 주요 내용

- 참석에 대한 감사 인사
- 임기를 마무리하는 소회
- 임기 중의 성과 설명
- 도와준 분들에 대한 감사
- 신임 회장 소개
- 신임 회장에 대한 기대와 바람
- 다음 교우회에 대한 기대와 축원
- 마무리 감사 인사

🖊 권장 분량 : 3분 내외

존경하는 교우 여러분,

바쁘신 중에도 오늘 이·취임식에 참석해 주셔서 진심으로 감사드립니다.

특별히 지난 2년 동안 아낌없는 조언과 진심 어린 응원을 보내주신 ○○○ 고문님, ○○○ 고문님께 깊은 감사의 말씀을 드립니다.

세계 최고 수준의 경영대학을 이끄시며 고대 AMP 교우회의 든든한 버팀목 역할을 해주시는 ○○○ 학장님, 그리고 고대 정신을 바탕으로 훌륭한 신입 원우를 선발하고 육성해 교우회에 입회시키는 데 큰 역할을 해주신 ○○○ 주임교수님, 바쁘신 중에도 참석해 자리를 빛내 주셔서 진심으로 감사드립니다.

오늘, 2년의 임기를 마치며 여러분 앞에 서게 된 이 자리가 저는 참으로 감회가 깊습니다. 취임 초기, 선배님들께서 이루어 놓으신 대한민국 최고의 AMP 교우회를 제가 과연 잘 이끌 수 있을지에 대한 부담감과 무게감 때문에 마음이 편치 않았던 기억이 생생합니다. 그러나 이제 임기를 무사히 마치고, 훌륭하신 후임 회장님께 이 자리를 넘겨드리게 되어 매우 기쁘고 행복합니다. 이런 기회와 결과를 있게 해 주신 교우님들께 깊은 감사를 드립니다.

지난 2년간 코로나 팬데믹으로 인해 교우회 활동에 많은 제약이 있었지만, 교우님들의 저력과 열정으로 우리는 그 어려운 시기를 잘 극복해 냈습니다. 이제는 모든 것이 정상으로 돌아왔고, 교우회의 여러 사업들도 완전 정상화되었습니다.

- 매년 300명 이상의 교우와 가족이 함께한 '총교우 단합 등산대회'

- 2년 연속 80팀 이상이 참여해 성대하게 치러진 '총교우회장배 골프대회'

- 700여 명의 교우와 가족이 참석해 성황을 이룬 '최고경영대상 시상식 및 송년 후원의 밤' 등

지금도 이 모든 순간들이 다시 떠오르며, 참으로 감회가 새롭고 감개무량합니다.

또한, 행사 때마다 많은 분들께서 아낌없이 찬조와 협찬을 해주셔서 감사의 말씀을 드리지 않을 수 없습니다. 그 뜨거운 성원을 저는 결코 잊지 않겠습니다. 진심으로 다시 한번 감사드립니다.

저는 오늘 이 자리에 제가 평소 존경해 마지않는 ○○○ 회장님을 23대 교우회장으로 모실 수 있어 참으로 다행스럽고 기쁘게 생각합니다. ○○○ 회장님은 뛰어난 리더십과 탁월한

경영 능력을 갖춘 분으로, 고대 AMP 교우회가 이런 분을 회장으로 모시게 된 것은 큰 행운입니다. 저는 ○○○ 회장님께서 고대 AMP 교우회를 한 단계 더 도약시킬 것이라 믿어 의심치 않습니다.

지난 2년 동안 저와 함께 고대 AMP 교우회를 이끌어주신 ○○○ 경영대상 심사위원장님, ○○○ 자문위원장님, ○○○ 지도위원장님을 비롯한 동호회 회장님들과 주요 임원분들, 각 기수 회장님, 그리고 사무총장님들께도 깊은 감사의 말씀을 드립니다. 여러분과 함께했던 지난 2년의 영광을 잊지 않겠습니다. 진심으로 감사드립니다.

저는 이 자리를 떠나지만, 고대 AMP 교우회의 밝은 미래를 확신합니다. 앞으로도 우리 고대 AMP는 대한민국 최고의 최고경영자 과정으로서 그 명성을 더욱 굳건히 이어갈 것입니다. 여러분의 지속적인 성원과 참여 속에, 고대 AMP 교우회가 앞으로도 더욱 단단하게 발전해 나가기를 진심으로 기대합니다.

마지막으로, 오늘 이 자리에 참석해주신 모든 분들께 다시 한번 진심으로 감사드리며, 모든 교우님들의 가정에 건강과 행복이 가득하기를 바랍니다.

감사합니다.

주요 행사

- 발대식
- 정기이사회
- 정기총회
- 총교우 단합 등산대회
- 총교우회장배 골프대회
- 송년 후원의 밤

발대식

행사 개요

취임식 이후 새로운 교우회 출범을 알리는 행사다. 이임식과 취임식이 병행된 이·취임식보다 새로운 집행부의 색깔을 본격적으로 보여 주게 된다. 발대식을 통해 첫 이미지를 보여 주게 되며, 회장은 메시지를 통해 본인 임기 동안 무엇을 계획하고 이루려고 하는지를 구체적으로 밝히고 교우들에게 협조를 구하는 내용을 담아야 한다.

주요 내용

* 소임을 맡은 소회와 겸양
* 감사 인사
* 선대 회장들의 업적에 대한 칭송
* 교우회의 자부심
* 구체적인 계획
* 협력과 참여 요청
* 포부와 결의

권장 분량 : 3분 내외

▲ 발대식

존경하는 교우 여러분,

저는 ○○년 ○○기로 고대 AMP에 입학했습니다. 당시 교우회 행사를 주관하시던 ○○○ 교우회장님을 보며, '나도 언젠가 교우회장이 될 수 있을까?'라는 막연한 꿈을 품었던 기억이 납니다.

그런 제가 오늘, 대한민국 최고의 AMP 교우회 ○○대 회장으로서 존경하는 교우 여러분과 함께 새로운 출발을 하는 이 자리에 서게 되어 매우 감회가 깊습니다.

회장직의 무거운 책임감과 부담감이 어깨를 짓누르지만,

모든 행사에 열정적으로 참여해주시는 교우님들과 항상 응원과 격려를 아끼지 않으시는 고문님들, 그리고 기꺼이 회장단에 함께해 주신 ○○분의 부회장님들이 있기에 자신감을 가지고 임기를 시작하려 합니다.

고대 AMP는 명실상부 대한민국 최고의 AMP입니다. 그리고 이 명성은 우리만의 자화자찬이 아닙니다.

- 열정적으로 교우회 각 행사에 참여해주시는 교우님들,
- 선대 교우회에서 구축한 탄탄한 운영 체계,
- 매달 활발하게 진행되는 15팀의 골프회,
- 에베레스트 원정 등산의 역사를 자랑하며 매달 전국 명산을 등반하는 산악회,
- 우리 고대 AMP에만 있는 교우 간 비즈니스 플랫폼, 비즈니스위원회,
- 남아프리카 빈민촌에 사랑의 집짓기로 100여 채를 후원한 봉사위원회,
- 여성 교우님들의 친목 도모와 비즈니스 교류를 촉진하는 여성위원회 등

이 모든 것들이 고대 AMP가 대한민국 최고의 명성을 이어가게 하는 원동력입니다. 이러한 성과는 선대 회장님들의 헌신과 열정, 그리고 함께해주신 교우님들이 있기에 가능했습니다.

존경하는 교우 여러분,

저는 먼저, 교우회의 모든 행사가 코로나 이전처럼 정상화
되도록 최선을 다하겠습니다. 오늘의 22대 교우회 발대식이 그
시작점이 될 것입니다.

- 비즈니스위원회가 실질적인 교우 간 사업교류 플랫폼
  역할을 할 수 있도록 더 활성화시키겠습니다.
- 최근 기수의 교우님들의 교우회 행사 참여율을 높여 교
  우회 모든 행사가 역동적이고 활기차게 진행되도록 하
  겠습니다.
- 많은 좋은 신입 원우들이 고대 AMP에 지원할 수 있도
  록 홍보하고 추천을 독려하겠습니다.
- 유튜브, 언론기사 등 다양한 채널을 활용해 교우회 활동
  을 적극적으로 알리겠습니다.

○○대 교우회의 이런 목표는 교우 여러분의 참여와 응원
없이는 어떤 것도 달성될 수 없습니다. 지금까지 그래 왔던 것
처럼 ○○대 교우회에도 아낌없는 응원과 격려, 참여를 부탁드
립니다.

존경하는 교우 여러분,

저는 대단하고 획기적인 어떤 것을 이루겠다고 약속하지

않겠습니다. 선대 교우회에서 이루어 놓은 탄탄한 기반 위에서 앞으로 한 걸음 정도 더 내디뎠다는 평가를 받는 교우회, 교우 여러분이 AMP에 온 목적, 본질에 충실한 교우회를 목표로 하겠습니다. 우리는 이미 최고이기 때문입니다.

이제 계절적으로도 봄을 맞이하고 있습니다. 봄을 맞는 희망과 함께, 여러 교우님들과 함께 ○○대 교우회를 힘차게 출발하겠습니다.

감사합니다.

정기이사회

✒️ 행사 개요

보통 연초에 진행하는 첫 행사다. 전년도 결산(안)과 올해 예산(안), 주요 행사 계획(안)을 심의, 의결한다. 이사회라는 특성 때문인지 참여율이 상대적으로 저조한 편이다. 따라서 참석에 대한 특별한 감사 인사를 포함한다. 연초에 진행하는 행사이기 때문에 교우회가 당해 본격 시작되었음을 알리고 전년도 교우회 전반에 대한 소회도 피력한다. 진지한 안건 심의와 의결에 대한 요청 사항도 담는다. 올해 교우회 운영에 대한 중점 사항을 간략히 언급하고 변함없는 참여와 성원을 당부한다.

✒️ 주요 내용

- 첫 인사
- 전년도 교우회 운영 소화와 협조에 대한 감사
- 정기이사회 참석에 대한 특별한 감사 인사
- 정기이사회 안건과 관련한 언급
- 올해 교우회 운영 방향 간략 언급
- 감사 인사와 계속적인 협조 당부

✒️ 권장 분량 : 2분 내외

▲ 정기이사회

반갑습니다.

시간이 참 빠릅니다. 새해 인사한 지가 엊그제 같은데 벌써 한 달이 지나고, 오늘이 2월 첫째 날입니다.

오늘 정기 이사회를 시작으로 올해 교우회 행사들도 본격 시작이 됐습니다. 코로나 여파가 남아있던 작년 이맘때를 생각하면 그래도 올해는 여건이 좋은 편입니다. 작년에는 코로나로 침체된 교우회 행사들을 모두 정상 복원해야 한다는 생각으로 몇 배의 노력을 들여 준비하고 진행했던 것 같습니다. 임원님들의 도움으로 모든 행사를 큰 무리 없이 진행할 수 있었던 것에 대해서는 늘 감사한 마음을 가지고 있습니다. 덕분에 이제는 모든 교우회 일정들이 어느 정도 정상화됐다고 생각합니다.

정기 이사회는 교우회 전년도 결산(안)과 올해 예산(안) 및 사업계획(안)을 심의, 의결하는 중요한 행사입니다. 다른 어떤 행사보다 고대 AMP에 대한 애정이 깊고, 높은 참여 의식을 가지신 분들만 참석한다고 생각합니다. 그래서 오늘 참석해 주신 임원님들께 더 특별한 감사를 드립니다. 안건도 잘 심의해 주시고 교우회 발전에 대한 좋은 의견 있으시면 허심탄회하게 말씀해 주시기 바랍니다.

우리 고대 AMP는 내년에 50주년을 맞습니다. 50년의 기간 동안 자타가 공인하는 우리나라 최고의 AMP로 우뚝 섰습니다. 이 결과는 선대 회장님들과 교우님들이 지혜와 열정을 모아 주신 덕분이라고 생각합니다. 내년 ○○대 교우회가 이 자랑스러운 결과를 잘 기념할 수 있도록 이 부분에 대해서도 미리 준비를 해 나갈 생각입니다.

오늘 정기 이사회를 시작으로 이달 27일 정기총회 등 본격 교우회 행사들이 이어집니다. 올해도 변함없는 성원과 참여를 부탁드립니다.

다시 한번 바쁘신 중에도 오늘 정기 이사회에 참석해 주신 임원님들께 감사드립니다.

감사합니다.

정기총회

🖋 행사 개요

정기 이사회에서 심의, 의결한 결산 내용과 당해 예산 내역, 주요 행사 계획 등을 교우들에게 보고하고 최종 승인을 받는 행사이다. 안건이나 제안 사항에 대한 토론과 투표, 의결이 이루어진다. 새로운 임원을 선출하거나 기존 임원의 재신임 여부를 결정하기도 한다.

🖋 주요 내용

- 계절 인사
- 2차년 시작에 대한 소회
- 올해 교우회 운영 계획
- 변함없는 성원과 참석에 대한 당부

🖋 권장 분량 : 2분 내외

▲ 정기총회

반갑습니다.

새해 인사를 한 게 엊그제 같은데 벌써 2달이 다 지나가고 있습니다. 세월이 유수와 같다는 말이 실감이 납니다.

교우회는 지난 1일 정기이사회와 오늘 정기총회를 시작으로 ○○대 교우회 2차년도 회무를 본격 시작하게 되었습니다. 돌아보면 작년에는 코로나가 막 끝나는 시점에 모든 교우회 행사들을 정상 복원해야 한다는 걱정과 긴장감이 있었던 것 같습니다. 하지만 아시는 것처럼 모든 행사를 여기 계신 교우님들 덕분에 무사히 또 성대하게 치러냈습니다. 작년 행사들을 하면서 늘 느낀 것이 우리 고대 AMP가 참 대단하다는 것입니다. 여러 가지 여건상 쉽지 않다고 생각했던 행사들을 모두 성공적으로 치러 냈기 때문입니다. 이 모든 것이 대단한 교우님들이 함께 해 주셨기 때문에 가능했다고 생각합니다. 다시 한번 감사드립니다.

교우회는 정기총회 자료에서 보시는 것처럼 올해도 어느 해 못지않은 규모의 행사들을 계획하고 있습니다. 작년이 코로나 이후 모든 행사들을 정상화하는 해였다면 올해는 모든 일정들을 정상 궤도에서 발전적으로 진행해야 하는 해입니다. 올해는 특별히 내년 교우회 창립 50주년을 준비해야 하는 해이기도 합니다. 3월에 역대 사무총장님들 모임이 있는데, 교우회의 실무적인 부분을 가장 많이 고민하시는 사무총장들께서 이 부분에 대한 의견을 모아주시면 좋을 것 같습니다.

오늘 정기총회는 지난 1일 정기이사회에서 승인받은 내용을 교우님들께 다시 보고드리고 최종 승인을 받는 행사입니다. 임원님들이 잘 검토한 내용이지만 그래도 보시고 좋은 의견들 있으면 말씀해 주시기 바랍니다.

월말이고 해서 바쁘실 텐데도 이렇게 많이 참석해 주셔서 감사합니다. 올해도 변함없이 성원해 주시고 응원해 주실 것을 부탁드립니다.

감사합니다.

총교우 단합 등산대회

🖋 행사 개요

총교우회의 최대 행사 중 하나인 등산대회는 가족 단위 참석이 많으며, 선배 기수들도 다수가 함께 참석한다. 보통 서울 근교로 단체버스를 타고 이동하여 진행하며, 연로한 선배 기수나 등산이 어려운 분들도 참여할 수 있도록 부담 없는 트레킹 코스를 함께 운영한다. 계절의 여왕인 5월에 열리는 이 행사는 푸짐한 음식과 많은 선물, 흥겨운 레크리에이션이 어우러져, 정말 소풍 같은 분위기를 연출한다.

🖋 주요 내용

- 계절 인사
- 참석 고문님들에 대한 감사 표현
- 당일 행사에 대한 소회와 감상
- 주관 동호회인 산악회 역대 회장과 현 회장, 집행부에 대한 감사와 격려
- 축제를 즐기세요
- 기타 : 당일 특별히 눈에 띄는 장면이나 감상

🖋 권장 분량 : 3분 내

▲ 총교우 단합 등산대회

예문 1

안녕하세요? 반갑습니다.

저는 오늘 꼭 소풍 온 기분이 듭니다. 어릴 적 설레던 마음으로 기다렸던 그 소풍을 온 것 같습니다. 그렇지 않으신가요?

긴 코로나를 잘 견디고 이렇게 건강한 모습으로, 이 좋은 곳에서 교우님들을 다시 뵈니까 너무 반갑습니다.

이번 행사를 준비하면서 긴 코로나로 인해 모이는 것에

대한 부담 때문에 많이 오시지 않으면 어떻게 하나 하는 걱정이 조금 있었습니다. 하지만 오늘 보시는 것처럼 300분 넘게 행사에 참가해 주셨습니다. 저는 이걸 보면서 우리 고대 AMP를 대한민국 최고 AMP라고 하는데, 오늘 참여해 주신 여러분의 이런 열정이 대한민국 최고 AMP를 만든 원동력이라는 생각을 다시 한 번 하게 됐습니다. 정말 감사합니다.

저는 오늘의 우리 고대 AMP를 얘기할 때 빠뜨릴 수 없는 부분이 고문님들의 열정과 리더십이라고 생각합니다. 14, 15, 16대 교우회장으로서 고대 AMP가 대한민국 최고 AMP가 되는데 초석을 놓으신 ○○○ 고문님, 19대 교우회장으로서 고대 AMP의 전성기를 이끄셨던 ○○○ 고문님, 20, 21대 교우회장으로서 어려운 코로나 상황에서도 교우회를 잘 이끌어 주신 ○○○ 상임고문님, 이 분들의 열정과 헌신이 있었기에 우리가 최고 AMP로서의 자부심을 갖게 되지 않나 생각합니다.

여러분, 세 분 고문님들께 큰 박수 한 번 부탁드립니다.

교우회는 발대식 때 말씀드린 여러 계획들을 차근차근 진행하고 있습니다. 그 중에 한 가지만 말씀드리면, 교우 정보와 모든 교우회 활동을 통합해 관리할 수 있는, 교우회 활동의 플랫폼 역할을 할 수 있는 교우회 앱을 만들고 있습니다. 이게 완성되면 총교우회와 동호회 등의 모든 활동 정보를 이 앱에서 확인할 수 있고 소통도 이 앱을 통해서 하게 됩니다. 비즈니스 위원회가 목표하는 교우 간 사업 연결도 이 앱을 통해 이루어질 수 있습니다. 송년회 전에는 완성된 앱을 교우님들께 공개할 수 있지 않을까 싶은데요, 이런 것만 봐도 '고대 AMP는 다르구나' 하는 것을 느끼시게 되리라 생각합니다.

오늘은 다른 얘기보다는 지금 이 순간을 행복하게 보내는 데에 집중했으면 좋겠습니다. 오늘은 다른 근심 걱정 다 내려놓으시고 걷고 구경하고 먹고 마시고 즐기는 하루가 되셨으면 합니다.

무엇보다 안전에 유의하면서 산행하실 분은 산에 오르시고, 평상시 등산을 잘 하지 않으셨던 분들은 산정호수 주변을 천천히 둘러보시면 좋을 것 같습니다.

끝으로 오늘 행사에 찬조와 협찬해 주신 분들께 진심으로 감사드립니다. 후원해 주신 분들의 성의와 따뜻한 마음 항상 기억하겠습니다.

즐겁게 운동하시고 잠시 후에 다시 뵙겠습니다.

감사합니다.

반갑습니다.

5월을 계절의 여왕이라고 하는데 오면서 보니까 왜 그렇게 부르는지 이유를 알 것 같습니다. 오늘 정말 날씨도 좋고, 형형색색의 교우님들 옷차림을 봐도 그렇고, 어릴 적 소풍 온 것 같다는 생각이 듭니다. 정말 반갑습니다.

대부분 실내 행사에서 교우님들을 뵙다가 총교우회장배 골프대회도 그렇습니다만 야외에서 뵈니까 더 큰 기대와 설렘이 있습니다.

조금 전 내빈 소개 때도 말씀드렸습니다만, 오늘 이 자리에 특별히 우리 고대 AMP가 대한민국 최고 AMP가 되는 데 있어서 그 토대를 만들어 주신 ○○○ 고문님께서 참석해 주셨습니다. ○○○ 고문님의 교우회에 대한 관심과 애정은 제가 늘 배우는 바가 많습니다. 여러분, ○○○ 고문님께 다시 한번 큰 박수 부탁드립니다.

제가 오늘 무엇보다 반가운 것은 코로나 이후 교우님들을 이렇게 건강한 모습으로 다시 뵐 수 있다는 것입니다. 교우회장으로서 제가 늘 주안점으로 두는 것이 교우회 행사를 통해 교우님들이 건강하고 행복하게 교류하고 친목하는 것입니다. 그런 의미에서 본다면 오늘 총교우단합등산대회는 거기에 아주 부합하는 행사라고 할 수 있을 것입니다.

여기 선배님들도 많이 계십니다만, 살아보니까 제일 중요한 것이 건강하게 행복하게 사는 것 같습니다. 교우회가 모든 조건을 만들어드릴 순 없지만 우리 교우님들이 교우회 행사들을 통해 조금 더 건강하고 행복한 시간을 보내실 수 있도록 늘 최선을 다하고 있다는 말씀 드립니다.

오늘 이 행사는 주관 동호회가 산악회입니다. 아시다시피 고대 AMP 산악회는 많은 글로벌 산행 경험을 가지고 있으며 가장 모범적으로 운용되는 동회회 중에 한 곳입니다. 오늘의 이 자랑스러운 산악회는 ○대 ○○○ 회장님을 비롯한 역대 회장님들의 관심과 지원, 그리고 현재 산악회를 이끌고 있는 ○○○ 회장님의 훌륭한 리더십이 만든 결과라고 생각합니다. ○○○ 산악회장님과 ○○○ 산악회 사무총장님, ○○○ 산악대장 등 산악회 집행부 모든 분들께 진심으로 감사드립니다.

여러분,

오늘 총교우단합등산대회는 소풍입니다. 혹시 근심이나 걱정이 있었다면 오늘은 다 내려놓으시고 여기서만은 가장 행복하고 즐거운 시간 보내시기 바랍니다.

감사합니다.

총교우회장배 골프대회

🖊 행사 개요

36홀 골프장에서 80팀 320여 교우와 가족, 학장, 주임교수 등이 참가해 샷건 방식으로 대회를 진행한다. 4개 코스별로 20대 이상씩 늘어선 카트는 장관을 연출한다. 선수조와 일반조로 나누어 진행하고 메달리스트는 선수조에서, 신페리오 우승은 일반조에서 남녀 각각 시상한다. 라운드 종료 후 연회장에 8인용 40여 개 테이블이 배치되고 2부 공식 행사와 만찬 및 공연, 시상식이 진행된다.

🖊 주요 내용

- 감사 인사(교우, 내빈, 외빈)
- 성공적인 대회에 대한 감회
- 대회 준비 과정에 느낀 소회
- 80팀 행사에 대한 자부심
- 후원에 대한 감사
- 교우회 진행 사업과 계획
- 축제를 즐기세요.

🖊 권장 분량 : 3분 내외

83

▲ 총교우회장배 골프대회

예문 1

반갑습니다.

아직 더위가 온전히 물러나지 않은 8월 말이고 여러 가지 행사가 몰려 있는 시기 임에도 이렇게 시간을 내 오늘 대회에 참석해 주신 교우님들과 가족 그리고 외빈 분들께 먼저 감사의 말씀 드립니다.

특별히 이번 대회에도 많은 성원과 후원을 아끼지 않으시고 직접 참석도 해 주신 ○○○ 상임고문님, ○○○ 고문님,

정말 감사드립니다.

또 오늘 이 자리에는 정말 모시기 힘든 분들이 오셨습니다. 고려대학교의 위상을 세계 속에 드높이고 계시는 ○○○ 고려대학교 총장님, 유연하고 창의적인 리더십으로 고대 경영대에 새바람을 일으키고 계시는 ○○○ 원장님, 고대 발전의 중심에 서 계시는 ○○○ 대외협력처장님, 고대AMP 교육과정을 책임지고 계시는 ○○○ 주임교수님.

이렇게 참석해 주셔서 오늘 행사가 더욱 빛이 나는 것 같습니다. 다시 한 번 감사드립니다.

오늘 총교우회장배 골프대회는 골프장 섭외 문제 때문에 예년과 달리 한 달 앞당겨 진행하게 되었습니다. 이 부분 때문에 준비 초기에 참가 신청이 적어 많은 걱정을 하기도 했습니다. 하지만 교우회의 참여 독려 요청에 많은 기 회장님, 사무총장님들께서 적극적으로 협조해 주셨고 그 결과, 오늘 보시는 것처럼 80팀이 넘는 성대한 대회로 치르게 되었습니다. 도움을 주신 기 회장님, 사무총장님들과 적극적으로 호응해 주신 교우님들께 정말 감사하다는 말씀드립니다.

이번 대회에는 브로셔에 보시는 것처럼 정말 많은 분들의 후원이 있었습니다. 경기가 어려운 상황임에도 후원 내역을 1회 문자 발송에 다 담을 수 없을 만큼 많은 후원을 해 주셨습니다. 후원해 주신 모든 분들께도 진심으로 감사드립니다.

총교우회장배 골프대회는 5월 등산대회와 더불어 교우님들이 모처럼 야외에서 함께 즐길 수 있는 축제이면서 또한 우리 고대 AMP가 왜 대한민국 최고인지를 보여주는 행사이기도 합니다. 오늘 참석해 주신 교우님들의 참여와 열정으로 우리는 이런 모습을 다시 한번 충분히 보여주고 있다고 생각합니다.

존경하는 교우 여러분,

즐기지 않은 오늘은 내 것이 아닙니다. 미뤄 둔 행복과 즐거움도 마찬가지입니다.

오늘의 이 축제를 맘껏 즐기시기 바랍니다.

감사합니다.

반갑습니다.

아직 늦여름의 더위가 남아있는 이 시기에 바쁜 일정에도 불구하고 오늘 총교우회장배 골프대회에 참석해 주신 교우님들과 가족분들, 그리고 외빈 여러분께 깊은 감사의 말씀을 드립니다.

특별히 이번 대회에도 변함없이 성원을 보내주시고, 직접 참석해 자리를 빛내주신 ○○○ 상임고문님, ○○○ 고문님, ○○○ 고문님, 그리고 ○○○ 고문님께 진심으로 감사드립니다. 고문님들의 열정과 노고가 있었기에 오늘의 대한민국 최고 고대 AMP가 있다고 생각합니다.

오늘 이 자리에는 특별히 유연하고 창의적인 리더십으로 고대 경영대에서 혁신적인 발전을 이뤄내신 ○○○ 학장님, 그리고 우리 AMP 교육과정의 시작부터 끝까지를 너무 훌륭하게 진행해 주고 계신 ○○○ 주임교수님께서 참석해 주셔서 대회를 더욱 빛내주고 계십니다. 다시 한번 진심으로 감사드립니다.

코로나 팬데믹을 거치면서 우리 교우회도 많은 어려움을 겪었습니다. 교우들이 함께 모여서 교류하고 친목하는 행사가 교우회의 주된 업무인데 모이지 못함으로써 우리는 큰 곤란을 겪었습니다. 그 시기를 거치면서 교우회가 많은 동력을 상실한

게 사실입니다. 하지만 저는 이번 골프대회를 치르면서 교우 여러분의 참여 열기와 성원을 목도하며 이제야 우리 교우회가 본래의 모습을 찾았다는 생각을 하게 되었습니다. 이 모두 교우 여러분들의 뜨거운 열정과 참여 덕분입니다. 이러한 저력이야말로 우리 고대 AMP가 대한민국 최고임을 다시 한번 증명하는 원동력이라고 생각합니다.

우리 교우회는 내년에 창립 50주년을 맞습니다. 50여 년의 기간 동안 선배들의 노고와 헌신, 후배들의 참여와 열정으로 모두가 인정하는 대한민국 최고의 AMP로 우뚝 섰습니다. 교우회에서는 이 의미있는 행사를 성대히 기념하고자 이달에 '고대AMP 교우회 창립 50주년 행사 준비위원회'를 발족시켜 준비하고자 합니다. 여기에 대해서도 많은 관심과 성원 부탁드립니다.

존경하는 교우 여러분,

오늘 총교우회장배 골프대회는 단순한 스포츠 행사가 아니라, 우리 교우들이 서로의 경험과 지혜를 나누고, 교류를 통해 영감을 얻는 소중한 기회입니다. 이것이야말로 우리가 고대 AMP에 온 목적입니다. 오늘 대회가 여러분에게 즐거움과 소중한 추억을 선사할 뿐만 아니라, 바라던 바를 이루는 뜻깊은 시간이 되시길 바랍니다.

"진정한 나눔은 가진 것의 크기와 상관없다."라는 말이 있습니다. 나눔은 가진 물질적인 양보다는 그 마음과 진심이 더 중요하다는 의미가 담긴 말입니다. 교우 여러분, 오늘 대회를 위해 찬조해 주시고 협찬해 주신 분들에게 진정한 감사의 마음을 가져 주시기 바랍니다. 이분들의 나눔의 성의기 있었기에 이번 대회가 이렇게 풍성할 수 있었습니다. 찬조와 협찬해 주신 모든 분들께 진심으로 감사드립니다.

우리 고대 AMP에 대한 무한한 관심과 애정으로 오늘 대회에 참가해 주신 교우와 가족 여러분 그리고 외빈분들께 다시 한 번 진심으로 감사하다는 말씀을 드리면서 대회사를 마칩니다.

여러분, 오늘은 축제의 날입니다.

세상의 근심과 고민 이런 거 다 내려놓으시고 지금 이 순간을 즐겨 주시기 바랍니다.

감사합니다.

경영대상 시상식 및 송년 후원의 밤(1차년)

🖋 행사 개요

700여 명의 교우와 가족, 외빈이 참석하는 회장 임기 1차년 교우회 최대 행사이다. 1부에는 공식 행사, 2부에는 2~3명의 교우에게 경영대상을 주는 시상식, 3부에는 만찬과 연예인의 공연을 진행한다. 행사에서는 코스요리가 제공되고 연예인들의 공연도 화려하게 진행된다. 푸짐한 참가 선물과 경품이 제공되는 연말 송년 파티다.

🖋 주요 내용

- 참석에 대한 감사 인사(교우, 내빈, 외빈)
- 지난 1년에 대한 소회
- 경영대상 수상자에 대한 찬사와 격려
- 임기 중의 성과 설명
- 도와준 분들에 대한 감사
- 교우회의 향후 계획
- 마무리 인사

🖋 권장 분량 : 4분 내외

존경하는 교우 여러분,

저는 오늘 2023년 교우회 마지막 행사를 이렇게 많은 교우님들과 가족 그리고 초청 외빈 분들을 모시고 진행하게 되어 참으로 감개무량합니다. 오늘 많은 분들을 모시고 성대하게 최고 경영대상 시상식 및 송년 후원의 밤을 진행하게 된 것 뿐만 아니라, 코로나19 이후 교우회 행사 복원에 대해 연초에 가졌던 많은 우려가 이제는 말끔히 사라졌다고 생각하기 때문이기도 합니다.

2월에 진행했던 22대 교우회 발대식을 시작으로 300분 넘게 참여해 주신 총교우 단합 등산대회, 81팀 320여 교우와 가족 분들이 참가한 총교우회장배 골프대회, 너무 많은 분들이 참석해 식사가 모자랄 정도로 성황을 이뤄 주셨던 조찬세미나까지... 올해 진행했던 모든 교우회 행사들이 최고 AMP의 모습을 보여 주는 데 손색이 없었습니다.

모두 교우님들의 참여와 성원 덕분입니다.

정말 감사드립니다.

올해를 마무리하는 이 뜻깊은 행사에 존경하는 고대 교우회 ○○○ 회장님, 고대경영대학원 ○○○ 원장님, 고대 대외

협력처 ○○○ 처장님, 고대 AMP ○○○ 주임교수님께서 함께 참석해 자리를 빛내 주고 계십니다. 바쁘신데 시간 내주셔서 진심으로 감사드립니다.

그리고 지금의 대한민국 최고 AMP를 만들어 주시고 늘 든든한 후원자가 돼 주시는 ○○○ 상임고문님, ○○○ 고문님, ○○○ 고문님, ○○○ 고문님, ○○○ 고문님, ○○○ 고문님, ○○○ 고문님도 자리를 함께해 주셨습니다,

정말 감사합니다.

무엇보다 오늘, 본인의 손으로 일군 사업체를 오랫동안 안정적으로, 성공적으로 키워 오신 두 교우님께 고대AMP 최고 영예인 경영대상을 드리게 되어 매우 기쁘게 생각합니다. 원목마루 부문에서 최고급 브랜드로 자리매김하며 사모님들의 로망으로 인식되는 ○○○○○의 ○○○ 교우님, 20여 년의 연구와 기술개발로 전기 자동차 충전기 분야에서 가장 안전하고 품질 좋은 제품을 만든다고 평가받는 ○○○의 ○○○ 교우님, 두 분께 경영대상을 드리게 되어 정말 자랑스럽고 기쁩니다. 두 분께 다시 한번 축하드립니다.

우리 고대 AMP는 곧 50주년을 맞습니다. 그동안 여기 계신 고문님들의 땀과 헌신, 그리고 5천여 교우님들의 참여와 열정으로 고대 AMP는 대한민국 최고의 자리에 우뚝 섰습니다.

이 빛나는 성과는 저에게 한편으로 큰 부담이기도 하지만 자부심이기도 합니다, 저는 이런 고대 AMP의 명성에 뭔가 더 큰 성과를 얻겠다고 약속하기보다는 22대 교우회 발대식에서도 말씀드렸듯이 교우님들이 고대 AMP에 온 목적, 그 본질에 충실한 교우회를 만들기 위해 계속 노력하겠습니다. 또한 교우회 창립 50주년을 착실히 준비하고 더 공고한 기반 위에서 100주년을 향해 나아갈 수 있도록 하겠습니다. 교우님들의 지금과 같은 변함없는 성원을 부탁드립니다.

오늘 행사는 명칭이 [최고 경영대상 시상식 및 송년 후원의 밤]이지만 [송년 파티]이기도 합니다. 가벼운 마음으로 올한 해를 돌아보며 교우들과, 가족들과 행사를 즐겨 주시기 바랍니다.

감사합니다.

경영대상 시상식 및 송년 후원의 밤(2차년)

🖋 행사 개요

700여 명의 교우와 가족, 외빈이 참석하는 회장 임기 2년차 교우회 최대 행사이다. 2~3명의 교우에게 경영대상을 시상한다. 교우회장에게는 2년의 임기를 마치는 시점의 행사로 모든 것을 결산하는 의미가 담겨 있기도 하다. 코스요리가 제공되며 연예인들을 초청해 공연과 함께 화려한 파티처럼 진행한다. 푸짐한 참가 선물과 경품이 제공된다.

🖋 주요 내용

- 참석에 대한 감사 인사(교우, 내빈, 외빈)
- 임기를 마무리하는 소회
- 임기 중의 성과 설명
- 경영대상 수상자에 대한 찬사
- ※ 교우회의 특별 현안과 준비 상항
- 도와준 분들에 대한 감사
- 교우회의 비전과 자부심
- 마무리 인사

🖋 권장 분량 : 4분 내외

▲ 경영대상시상식 및 송년 후원의 밤

예문 2

　　존경하는 고대 AMP 교우 여러분, 그리고 함께 참석해 주신 가족 여러분,

　　바쁘신 일정 속에서도 우리 고대AMP 최고의 축제인 '최고 경영대상 시상식 및 송년 후원의 밤' 행사에 참석해 주셔서 감사합니다.

　　특히, 오늘 우리 고대AMP가 대한민국 최고의 최고경영자 과정으로 성장하는 데 큰 역할을 해주셨고, 교우회가 여러 문제를 헤쳐 나갈 때 항상 등불 같은 역할을 해 주시는 고문님들께서 참석해 주셨습니다. ○○대 교우회장을 역임하신 ○○○ 고문님, ○○대 교우회장을 역임하신 ○○○ 고문님, ○○대 교우회장을 역임하신 ○○○ 고문님, 이 고문님들의 헌신과 열정이 있었기에 우리가 지금 여기까지 올 수 있었다고 생각합니다. 진심 어린 존경과 감사를 드립니다.

그리고 세계 최고 수준의 경영대학을 이끌고 계시는 고려대 ○○○ 학장님, 원우 선발부터 수료까지 AMP 전 과정을 너무 잘 이끌고 계시는 ○○○ 주임교수님, 오늘 함께해 자리를 빛내 주셔서 영광스럽고 감사합니다.

저는 오늘 이 자리가 참으로 참개무량합니다.

2년 전 저는, 선배들이 만들어 놓으신 대한민국 최고의 고대 AMP를 맡아서 "내가 잘 해낼 수 있을까?" 하는 무게감과 부담감에 짓눌러 있었습니다. 하지만 대과(大過) 없이 2년의 임기를 마무리하며 오늘 이 자리에 섰습니다. 제가 마음의 짐을 내려놓고 이 순간을 맞이할 수 있었던 건 모두 도와주시고 성원해 주시고 응원해 주신 교우님들 덕분입니다.

진심으로 감사드립니다.

교우회장에 취임하던 시기에 코로나로 인해 모든 모임이

어려움을 겪었습니다. 우리 교우회도 동력을 많이 상실한 시기였습니다. 당시 교우회의 활기를 다시 되돌리는 문제는 큰 도전 과제이며 부담이었습니다. 하지만 교우 여러분의 적극적인 참여와 열정이 그 어려운 시기를 성공적으로 극복할 수 있게 했습니다. 저는 이 시기를 거치면서 우리 고대 AMP의 저력을 다시 한번 느낄 수 있었습니다.

두 차례에 걸쳐 300명 이상의 교우와 가족이 참석해 코로나 팬데믹을 극복했다는 자신감을 심어준 총교우단합등산대회는 큰 감회로 남습니다. 또한, 대한민국 최고경영자과정 중 유일하게 2년 연속으로 80팀 이상이 참가한 총교우회장배 골프대회를 성황리에 마칠 수 있었던 것도 잊을 수 없습니다. 특히 이 자리에서 볼 수 있듯이, 700여 교우와 가족이 참석하는 우리 고대 AMP 최고경영대상 시상식 및 송년 후원의 밤은 그 자체로 고대 AMP의 명성을 상징합니다. 이러한 모든 성과들이 교우님들의 뜨거운 열정과 헌신 덕분에 가능했습니다. 자랑스러운 교우 여러분께 진심으로 감사드립니다.

오늘 이 자리에서는, 고대 AMP의 최고 영예인 최고경영대상 시상식이 함께 진행됩니다. 요즘같이 이 어려운 시기에 창의적이고 도전적인 자세로 탁월한 경영능력을 발휘해 경영대상을 수상하시는 3분께 무한한 축하와 함께 깊은 경의를 표합니다. 3분의 노력과 성과는 우리 모두에게 큰 영감을 주었으며, 앞으로도 고대 AMP 교우회의 명성을 높이는 데 큰 기여를 하리라 믿습니다.

우리의 자랑스러운 고대 AMP는 내년에 창립 50주년을 맞이합니다. 선배들이 이뤄놓으신 이 최고 AMP의 위상을 기념할 수 있도록 지난 9월 "고대 AMP 교우회 창립 50주년 행사 준비 위원회"를 발족해 준비하고 있습니다. 이 준비 위원회가 차질 없이 행사를 준비할 수 있도록 끝까지 챙기고, 인수인계를 철저히 하도록 하겠습니다.

끝으로, 지난 2년 동안 저와 함께 교우회를 이끌어 주신 ○○○ 경영대상 심사위원장님, ○○○ 자문 위원장님, ○○○ 지도위원장님과 동호회 회장님들을 비롯한 주요 임원님들과, 각 기수 회장님, 그리고 사무총장님들께 진심으로 감사드립니다. 여러분의 헌신과 열정이 없었다면 오늘의 이 성과도 불가능했을 것입니다. 여러분 모두에게 진심으로 감사드립니다.

오늘 이 자리는 그동안 우리가 함께 이룬 최고의 성과들을 돌아보고, 그 속에서 우리의 저력을 확인할 수 있는 시간이기도 합니다. 이러한 성과들은 단순한 결과물이 아니라, 우리 모두의 노력과 열정이 만들어낸 값진 결실입니다. 저는 앞으로도 어떤 어려움 속에서도 최고의 결과물을 만들어 내는 우리 고대 AMP의 대단한 전통이 계속 이어지도록 끝까지 최선을 다하겠습니다.

　존경하는 교우와 가족 여러분,

　다가오는 새해에도 건강과 행복이 가득하시길 기원하며,
여기 계신 모든 분들의 앞날에 더욱 큰 축복이 함께하기를 바
랍니다.

　감사합니다.

초청 만찬

주요 임원 초청 만찬

🖋 행사 개요

교우회 출범 후 주요 임원과 동호회 회장, 사무총장을 초청해 친목을 도모하고 교우회를 함께 잘 이끌어 나아가자는 결의를 다지는 만찬 행사이다. 2년의 기간 동안 교우회 활동의 성패에 결정적 영향을 미칠 수 있는 핵심 임원들이므로 좋은 장소에서 의기투합하는 분위기를 만들 필요가 있다. 특별한 예우를 받고 있다는 인상을 줄 수 있어야 한다.

🖋 주요 내용

- 주요 임원으로 참여해 준 것에 대한 감사 인사
- 임기내 성과를 내기 위한 협소 요청
- 함께 이루어내자는 결의
- 허심탄회한 의견 요청

🖋 권장 분량 : 2분 내외

반갑습니다.

먼저 고대 AMP ○○대 교우회 핵심 임원으로 참여해 주셔서 정말 감사합니다.

여러 일정 등으로 바쁘실 텐데도 ○○에서 오늘 행사 참석을 위해 와 주신 ○○○ 경영대상심사위원장님, 오늘 태국에서 귀국 후 바로 이 자리로 와 주신 ○○○ 자문위원장님, 멀리 ○○에서 참석해 주신 ○○○ 지도위원장님을 비롯해 고대 AMP의 발전을 염원하는 마음으로 오늘 이 자리에 참석해 주신 모든 분들께 진심으로 감사드립니다.

오늘 이 행사는 이전 교우회에서는 없었던 행사입니다. 오늘 이런 자리를 마련해 모시게 된 것은 코로나 등 여러 원인으로 교우회 활동이 많이 위축되었고, 여러 일정이 정상적으로 진행되지 못한 상황에서, 우리 고대 AMP를 다시 정상궤도에 올려놓는 데 있어 여기 모이신 분들의 도움이 절대적으로 필요하기 때문입니다.

총교우회가 중심이 되어 이끌어가겠지만, 각 위원회와 동호회 회장님들, 그리고 사무총장님들의 협조 없이는 어떤 행사도 원활히 진행될 수 없습니다. ○○대 교우회의 성공을 위해 참여와 협조, 아낌없는 조언을 항상 부탁드립니다.

여기 모인 우리는 한 배를 탔습니다. 고대 AMP의 성공과 명예를 같이 만들고 같이 누려야 할 한 팀입니다.

고대 AMP의 성공을 위해 함께해 주시기 바랍니다.

오늘 이 자리는 핵심 임원님들과 친목도 다지면서 또한 ○○대 교우회 발전을 위한 좋은 의견을 듣는 자리입니다. 허심탄회하게 의견 주시면서 또한 부담 없이 어울려 주시고 함께 즐겨 주시기 바랍니다.

감사합니다.

회장단 초청 만찬

🖋 행사 개요

교우회의 가장 든든한 후원자이자 지지그룹인 회장단을 초청하여 인사도
나누고 함께 만찬을 즐기는 행사이다. 회장단 참여는 시간과 금전적 부담
을 요구받기 때문에 일반적인 성의를 가지고는 참여가 어렵다. 이런 성의
와 후의에 대한 충분한 감사의 마음을 진정성 있게 표현하는 자리여야 한
다. 행사는 최고급 호텔에서 형식과 격식을 갖추어 진행한다.

🖋 주요 내용

- 계절 인사
- 회장단 참여에 대한 감사
- 성공적인 성과를 위한 도움에 감사(2차년)
- 새롭게 회장단 합류한 분들에 대한 감사(2차년)
- 당해 종교우회 행사에 대한 변함없는 협조 요청

🖋 권장 분량 : 2분 내외

▲ 회장단 초청만찬

예문 1차년

세월 참 빠릅니다.

교우회장에 취임하고 나서 코로나 때문에 그동안 제대로 진행되지 못했던 행사들을 정신없이 치르다 보니 벌써 3월이 되었습니다.

저는 오늘 이 회장단 초청 만찬을 많이 기다렸습니다. 저와 함께 ○○대 교우회를 같이 이끌어 주실 분들을 하루 빨리 만나서 감사도 표하고 술도 한 잔 하고 싶어서입니다.

사무총장이 이번 회장단은 좋은 분들로 참 구성이 잘 되었다는 얘기를 몇 번 했습니다. 저도 100% 동감입니다. 이렇게 훌륭한 분들을 회장단에 모시게 되어 정말 영광이고 감사드립니다.

경기도 어렵고, 여러 군데 회비 내는 것도 부담이 되셨을 텐데 이렇게 많은 분들이 기꺼이 참여해 주신 것을 보면서 제가 참 복 많은 사람이라는 생각도 합니다.

○○대 교우회 운영에 동참해 주시면서 언제든 교우회 발전을 위한 허심탄회한 조언도 부탁드립니다. 항상 열린 귀를 가지고 경청하겠습니다.

오늘 만찬은 서로 부담 없이 인사 나누고 친목을 도모하는 자리입니다. 오늘 처음 뵙는 분들은 서로 명함도 교환하시고 식사하시면서 술도 편하게 한 잔 하는 그런 시간이 되면 좋겠습니다.

다시 한 번 22대 교우회 회장단에 참여해 주셔서 감사합니다.

반갑습니다.

지난주 낮과 밤의 길이가 같다는 춘분을 지나면서 이제는 완연한 봄을 느낄 수 있습니다. 정말 좋은 계절이 왔습니다. 이 좋은 시기에 회장단을 모시는 자리를 마련하게 되어 매우 기쁘게 생각합니다.

작년 ○○대 교우회는 코로나 이후 교우회 모든 일정을 정상적으로 복원해야 한다는 부담 속에 출발했습니다. 그 과정이 쉽지는 않았으나 큰 무리 없이 1차년도를 마무리할 수 있었습니다. 300분 이상의 교우와 가족들이 참가한 5월 총교우 단합등산대회, 81팀 320여 분들이 참가해 기적같이 치러 낸 8월 총교우회장배 골프대회, 650여 분이 참석했고, 역대 가장 많은 후원금으로 성원해 주셨던 12월 송년 후원의 밤까지... 그 순간 순간들을 생각할 때마다 지금도 감회와 흥분이 몰려오는 것 같습니다.

이 모든 것들은 몇 사람의 노력과 열정만으로는 해낼 수 없는 것들입니다. 저는 무엇보다 여기 계신 회장단이 함께해 주셨고, 성원해 주셨기 때문에 가능했다고 생각합니다. 우리 고대 AMP가 50여 년의 역사 속에 최고가 될 수 있었던 것도 항상 핵심 구성원인 회장단이 교우회의 든든한 뒷배가 돼 주셨기 때문에 가능했습니다. 늘 대단한 분들이 함께하는 회장단은 우리 고대 AMP의 힘이고 자랑입니다. 이런 회장단과 함께 교우회를 이끌어간다는 것은 개인적으로도 큰 영광입니다.

오늘 만찬에는 기 수료하신 분들 중 새롭게 선임되실 분들과 지난달에 수료하신 ○○기 분들도 참석하셨습니다. 환영하고 감사드립니다.

대부분의 분들은 작년에 이어 올해까지 회장단으로 참여해 주신 분들입니다. 제가 뭐라고 감사함을 표현해야 할지 모르겠습니다. 정말 감사합니다.

여러 모임에서 활동들을 하시기 때문에 고대 AMP에서 회장단으로 참여한다는 게 시간적·금전적 부담이 안 될 수 없습니다. 그럼에도 이렇게 함께해 주셔서 감사합니다. ○○대 교우회 회장단으로 참여해 주신 분들은 평생 은인으로 생각하고 늘 감사한 마음 간직하고 살겠습니다. 진심입니다.

올해도 교우회는 주요행사계획에서 보시는 것처럼 여러 행사들을 차질 없이 진행할 수 있도록 계획하고 준비하고 있습니다. 변함없이 참여해 주시고 응원해 주시고 성원해주시길 부탁드립니다.

오늘 만찬은 작게나마 보답해 드리는 자리입니다. 편안하게 담소 나누시고 함께 즐기는 행복한 시간되시길 바랍니다.

감사합니다.

기 회장·사무총장 초청만찬

 행사 개요

모든 교우회 행사를 진행함에 있어 가장 큰 도움을 받아야 할 사람이 기 회장, 사무총장이다. 연초에 정기 이사회, 정기 총회 등의 행사가 끝나면 가장 먼저 자리를 만들어 인사하고 도움을 요청해야 한다. 기 회장, 사무총장들이 중간에서 열의를 가지고 움직여 주지 않으면 아무 성과도 낼 수 없다. 빨리 안면을 익히고 수시로 통화할 수 있는 분위기를 만들어 놓아야 한다. 만찬 중에 참석한 모든 기 회장, 사무총장이 앞에 나와 한마디씩 할 수 있도록 한다.

주요 내용

- 초청 만찬의 의의
- 기 회장, 사무총장 역할의 중요성 강조
- 지난 행사 협조에 대한 감사 인사
- 향후 행사에 대한 협조 요청
- 교우회 운영에 대한 고견 요청

권장 분량 : 2분 내외

반갑습니다.

긴 겨울이 지나고 3월을 맞아 기 회장, 사무총장님들을 모시고 이렇게 식사 자리를 마련하게 되어 매우 기쁘게 생각합니다. 지난 2월 정기 이사회와 정기총회가 있었습니다만, 교우회 운영에 가장 중요한 역할을 해 주시는 분들을 별도로 모시고 올해 사업들을 본격 시작하는 시기에 말씀도 나누고 고견을 들을 수 있는 이 자리는 상당히 큰 의미가 있다고 생각합니다. 우리 고대 AMP 교우회 운영에 있어서 기 회장님들과 사무총장님들의 협조는 항상 절대적이기 때문입니다.

우리 고대 AMP 교우회는 코로나 이후 우려와 걱정 속에서도 작년 모든 행사를 성대하게 치러 냈습니다. 모두가 여기 계신 회장님, 사무총장님들의 도움 덕분이라고 생각합니다. 특별히 작년 8월에 있었던 총교우회장배골프대회는 여러 가지 악조건에서도 81팀 320여 교우와 가족이 참여하는 성공적인 대회로 진행할 수 있었습니다. 여러분들이 끝까지 총교우회와 더불어 힘을 모아준 결과였습니다. 다시 한번 감사드립니다.

우리 교우회는 올해도 여러 계획된 행사들을 최고 수준으로 진행할 준비를 하고 있습니다. 5월 총교우 단합 등산대회, 9월 총교우회장배 골프대회, 12월 송년 후원의 밤 등 교우회 모든 행사를 한 단계 더 업그레이드된 모습으로 진행하려고 계획하고 있습니다. 여기 계신 회장님, 사무총장님들의 변함없는 성원을 부탁드립니다.

내년은 우리 교우회가 창립한 지 50주년이 되는 해입니다. 아시다시피 우리 고대 AMP는 지난 50여 년의 시간 동안 명실상부 대한민국 최고의 자리에 우뚝 섰습니다. 선배들의 수고와 열정의 결과입니다. 이 뜻깊은 성과를 기념하기 위해 올해부터 이 부분에 대한 준비도 함께해 나갈 생각입니다.

존경하는 기 회장, 사무총장 여러분,

우리 교우회는 이제 5,100 여 명의 교우들로 구성된 큰 조직이 되었습니다. 누구 몇 사람의 노력만으로 선배들이 만들어 놓은 최고의 위치를 계속 유지하기는 어렵습니다. 여러분들 모두가 힘을 합해 주셔야 합니다. 지금까지 그래 온 것처럼 늘 교우회에 주도적으로 참여해 주시고 힘을 모아 주시기 바랍니다.

오늘 초청 만찬은 친목하고 교류하는 편한 자리입니다. 부담 없이 즐기시면서 교우회 운영에 관한 좋은 의견 있으시면 허심탄회하게 말씀해 주시기 바랍니다.

감사합니다.

동호회 행사

- 골프회 상견례
- 비즈니스위원회 업체 방문
- 시산제

골프회 상견례

 행사 개요

골프회의 기존 회원들 중 탈회하는 교우와 입회하는 교우가 확정된 후 새로운 회원들 간 상견례를 하는 자리이다. 회칙 변경 내용 안내와 신입 회원을 소개하는 시간을 갖는다. 신입 회원과 인사하고 당해 입회가 확정된 회원들 간 친교하는 첫 모임에서의 총교우회장 인사말이다.

 주요 내용

- 계절 인사
- 골프회 집행부 격려
- 신입 회원 환영
- 총교우회에서의 골프회의 위상
- 골프회의 발전을 위한 격려
- 총교우회에 대한 협조 당부

 권장 분량 : 2분 내

반갑습니다.

긴 겨울이 지나고 드디어 골프 시즌의 돌아 왔습니다. 오늘 새로운 회원들도 많이 보이는데요, 신입회원 분들 환영합니다.

○○○ 회장님 취임 후 두 번째 해를 맞았는데요, 지난해 쉽지 않은 여건에서도 골프회를 잘 이끌어 주신 ○○○ 회장님과 ○○○ 사무총장을 비롯해 골프회 집행부 분들, 수고 많았습니다.

골프회는 고대 AMP 교우회의 핵심 동호회입니다. 동호회 중에서 가장 역동적이고 선후배 교우들이 가장 잘 조화를 이룬 동호회입니다. 동호회가 잘 되는 것은 총교우회 입장에서도 매우 중요합니다. 교우회를 받치고 있는 중요한 축이기 때문입니다. 저는 골프회가 변함없이 뜨거운 에너지를 만들어 그 열기를 총교우회에도 전해주기를 바라고 있습니다.

총교우회에서는 올해도 80팀 이상의 총교우회장배 골프대회를 계획하고 있습니다. 작년에 보셨다시피 이 정도 규모의 행사는 어느 몇 사람의 노력만으로 되지 않습니다. 주관 동호회인 골프회 회원을 중심으로 한 사람 한 사람의 성원과 참여가 모아져야 가능합니다. 올해 대회도 많이 참여해 주시고 응원해 주시고 도와주시기 바랍니다.

우리가 골프를 하는 이유는 건강도 있지만 행복하기 위해서 합니다. 올해 스코어 때문에 너무 스트레스받지 마시고 항상 즐겁고 행복한 골프하시기 바랍니다.

감사합니다.

비즈니스위원회 업체 방문

행사 개요

비즈니스위원회에서 주관하는 업체 방문 행사에 참석한 총교우회장의 인사말이다. 방문한 업체에서 진행되는 행사로 초청 업체 입장에서는 홍보효과가 있지만 여러 가지 준비해야 할 것들이 많아 상당한 부담감이 있다. 주관 동호회도 방문 업체 섭외부터 참가자 모집, 기념품 준비 등 많은 번거로움이 있다. 회장 인사말에는 이런 노고에 대한 격려와 칭찬을 담아야 한다.

주요 내용

- 참석 교우들에 대한 감사 인사
- 초청 업체 대표(교우)에 대한 칭송과 감사
- 주관 동호회 활동의 의의와 성과
- 주관 동호회 회장, 사무총장에 대한 격려와 감사

권장 분량 : 2분 내

반갑습니다.

다들 바쁘실 텐데 이렇게 비즈니스위원회 행사에 참석해 주셔서 감사합니다.

그리고 오늘 특별히 이렇게 멋진 곳에 교우들을 초청해 주신 ○○○ 고대 AMP 문화예술위원회 부회장님께 감사드립니다. 우리 ○○○ 부회장님은 품위와 교양을 갖춘 고대 AMP 여성 교우의 표상과 같은 분입니다. 봉사위원회 수석부회장도 맡고 계신데요, 이렇게 갖고 있는 것을 베풀 줄도 알고 사회에 대한 봉사를 몸소 실천하는 정말 존경스런 분이기도 합니다. 우리 ○○○ 부회장님께 큰 박수 한 번 부탁드립니다.

비즈니스위원회는 고대 AMP에서 특별한 동호회입니다. 누구나 AMP에 올 때 갖는 그 비즈니스 연결의 니즈를 직접적으로 충족시켜 줄 수 있는 유일한 동호회입니다. 이런 목적 달성을 위해 총교우회와 비즈니스위원회는 비즈니스 연결의 IT 플랫폼을 만드는 작업을 시작했습니다. 시간이 좀 걸리겠지만 우리 고대 AMP에 오는 교우들의 니즈도 충족시키고 또 고대 AMP를 한 단계 업그레이드시키기 위해서 반드시 필요한 사업이라고 생각합니다. 오늘 같은 교우 업체 방문 행사 등과 더불어 우리 고대 AMP를 정말 특별하게 만들어 줄 거라 생각합니다. 계속해서 진행되는 상황은 교우회와 비즈니스위원회를 통해 알려드리도록 하겠습니다.

저는 우리 비즈니스위원회를 ○○○ 회장님이 맡고 계셔서 참 든든합니다. 이미 사회적으로 최고의 명예와 신망을 얻으신 분인데, 우리 고대 AMP에서 비즈니스위원회를 이렇게 열심히 이끌어 주셔서 정말 감사드립니다.

○○○ 사무총장님과 비즈니스위원회 집행부 여러분, 이런 좋은 행사를 마련하시고 초대해 주셔서 정말 감사드립니다.

다시 한 번 초청해 주신 우리 ○○○ 부회장님께 감사드립니다. 오늘 참석해 주신 분들도 모두 ○○○ 부회장님 많이 응원해 주고 격려해 주시기 바랍니다.

감사합니다.

시산제

🖋 행사 개요

산악회의 연간 큰 행사 중 하나다. 동호회 행사로서 150여 교우가 참여한다. 연초에 진행되어 당해 행사 분위기의 가늠자 역할을 하는 측면도 있기 때문에 총교우회 입장에서도 비중을 둬야 한다. 교우들과는 대부분 새해 첫 대면이기 때문에 새해 덕담과 간단한 교우회 운영에 대한 소회를 밝힌다. 역대 산악회 회장들에 대한 칭찬과 현 회장 및 집행부에 대한 격려를 담는다. 시산제의 취지 및 모든 교우의 무사, 무탈을 기원하는 내용도 포함한다.

🖋 주요 내용

- 계절 인사
- 산악회의 성과에 대한 강조
- 역대 회장과 현 회장 및 집행부에 대한 칭찬과 격려
- 교우회 운영에 대한 간단한 소회
- 시산제의 의미와 기원
- 교우회에 대한 협조 당부

🖋 권장 분량 : 2분 내

안녕하십니까? 반갑습니다.

긴 겨울을 지나고 다시 이렇게 찾아온 좋은 계절에 건강한 모습으로 뵈니 반갑습니다. 늘 자연과 함께하는 산악회 회원들은 봄이 빨리 오기를 더 기다리셨을 것 같습니다.

교우회장을 맡아보니까 동호회가 탄탄하게 운용되는 것이 참 든든하고 고마운 일이라는 생각이 듭니다. 각 동호회가 탄탄하게 운용되어야 총교우회도 그 힘을 받아 잘 운영될 수 있다고 생각합니다. 그런 면에서 산악회는 매우 모범적인 동호회입니다. 늘 말씀드리지만 산악회는 운영하기가 쉽지 않은 동호회입니다. 그럼에도 ○○○ 전 산악회장님을 비롯한 역대 산악회 회장님들의 열정과 노고에 ○○○ 산악회장님, ○○○ 사무총장님, ○○○ 산악대장님 등 많은 분들의 헌신이 더해져 지금 같은 대단한 산악회가 만들어졌다고 생각합니다. 모두 정말 감사드립니다.

오늘 시산제는 우리가 누리는 이 아름다운 산과 자연에 감사하고 올 한해도 무사무탈하게 산행할 수 있도록 기원하는 행사입니다. 오늘 우리가 이렇게 정성을 모았으니 올해도 여기 계신 분들 포함해서 모든 교우분들이 안전하고 즐거운 산행하시리라 생각합니다.

아무튼 올해도 무엇보다 건강하고 즐거운 일 많으시길 바랍니다.

감사합니다.

기수 행사

- 주요 임원 상견례
- 3교시 행사
- 송년회

주요 임원 상견례

행사 개요

기수 과정의 말미에 회장, 사무총장을 비롯한 주요 임원 4~5명을 초청하여 상견례 만찬을 진행한다. 이 행사는 교우회가 기수 주요 임원들을 공식적으로 처음 만나, 만찬을 통해 분위기를 파악하고 친밀도를 높인다는 취지가 있는 자리이다. 어느 정도 체계를 갖춘 기수 교우회가 자연스럽게 총교우회와 연결될 수 있도록 안내하며, 초대 주요 임원들이 갖는 의의를 설명하고 그들의 노고를 격려한다.

주요 내용

- 반가움을 표하는 환영 인사
- 주요 임원들의 공로와 헌신에 대한 찬사
- 기수의 미래와 역할에 대한 기대
- 초대 임원들의 중요성과 역할
- 협조 요청과 당부

권장 분량 : 2분 내외

반갑습니다.

제가 늘 상견례 만찬 때 얘기합니다만 기수 회장을 비롯해 초대 임원을 맡는다는 것은 각별한 의미가 있습니다. 동기들에게 회장을 비롯해 주요 임원으로서 각인되는 이미지도 아주 강하고, 또 동기 모임이 얼마나 오랫동안 잘 되느냐, 즉 동기 모임의 성패가 초대 임원들의 역할에 달려 있기 때문입니다.

○○기는 여러 경로로 듣고 있는데 ○○○ 회장님을 중심으로 기수 모임도 활발하고 분위기도 아주 좋다고 들었습니다. 이런 모습은 ○○기 원우 분들에게 잘된 일이고, 교우회 입장에서는 감사할 일입니다.

수업이 두 번 정도 남은 걸로 알고 있는데 그동안 사업에, 공부에, 또 3교시 참석까지... 고생 많이 하셨습니다.

마무리 잘 하시고 수료 후에 교우회 행사에서 자주 뵙겠습니다.

감사합니다.

3교시 행사

🖋 행사 개요

과정 수료 직전에 수업 후 기수 전체를 초대해 술자리를 갖는 행사다. 주요 임원들과의 상견례 만찬 이후, 기수 교우들과 인사하며 친밀감을 형성할 수 있는 기회다. 이를 통해 기수 교우들이 수료 후에도 총교우회 행사에 자연스럽게 참여하도록 유도한다. 회장과 사무총장 등은 각 자리를 돌며 개별적으로 인사하고 친밀감을 나누도록 한다. 총교우회 참석자들은 교우들과의 개별적인 인사가 끝난 후, 기수들끼리 어울릴 수 있도록 적절한 시간에 자리를 정리하고 퇴장한다.

🖋 주요 내용

- 환영 인사
- 진심 어린 격려
- 기수 열기에 대한 기대와 찬사
- 총교우회 행사 참여 당부
- 주임교수에 대한 감사 인사(참석 시)
- 오늘의 자리를 즐기세요

🖋 추천 분량 : 2분 내외

반갑습니다.

오늘 종강을 했는데, 그동안 수고들 많이 하셨습니다.

한 학기 과정이지만 일과 학습을 병행하는 게, 거기다 거의 새벽까지 이어졌을 3교시까지 참석하는 과정이 쉽지 않으셨을 텐데, 다들 이렇게 건강하게 또 무사히 수료하게 되신 거 축하드립니다.

며칠 전에 ○○○ 회장님을 비롯해 주요 임원 분들과 식사를 한 번 했는데 ○○기 분위기가 좀 예사롭지 않다는 생각을 했습니다. '앞으로 고대 AMP 교우회를 이끌어 가실 분들이 ○○기에서 많이 나오겠다' 이런 생각이 들었습니다. 이런 좋은 분위기를 앞으로 잘 이어가시길 바랍니다.

다음 달 ○월에 수료하시는데, 수료 후에도 동기 분들과는 더 깊은 인연을 만들어 가시고, 총교우회 행사에도 자주 참석하면서 더 많은 교우들과 만나시기 바랍니다.

○○○ 주임교수님께는 그동안 정말 수고 많으셨다는 말씀드립니다. ○○○ 주임교수님이 맡고 나서부터 우리 고대 AMP에 더 좋은 분들이 많이 들어오고 교우들 만족도도 아주 좋아졌습니다. 3교시까지 대부분 참석하신 걸로 아는데 건강 걱정이 많이 됩니다. 수고하셨고 감사드립니다.

과정도 다 마쳤고 오늘은 편한 시간입니다. 총교우회가 마련한 자리니까 편하게 한 잔씩들 하시고 좋은 시간 보내시기 바랍니다.

감사합니다.

송년회

⟨✒⟩ 행사 개요

수료한 지 얼마 되지 않은 기수 송년회에 초대되어 하는 짧은 인사말이다.
교우회 활동 경험이 얼마 되지 않은 신입 기수 교우들에 대해 교우회 행사
위용을 설명하고 적극적인 참여를 독려한다. 기수에 대한 기대와 격려의
메시지를 담는다.

⟨✒⟩ 주요 내용

- 초대에 대한 감사 인사
- 고대 AMP의 당해 행사 성과와 의의
- 기수에 대한 격려와 기대
- 송년 새해 인사로 마무리

⟨✒⟩ 권장 분량 : 2분 내

오늘 초대해 주셔서 감사합니다.

지난 주 총교우회 송년회에 오신 분들은 보셨겠지만 코로나 이후에 우리 교우회 행사가 송년회를 끝으로 완전히 정상화 되었습니다. 5월에 총교우 단합등산대회에 300명 이상이 오셨고, 8월 총교우회장배 골프대회 때는 81팀 320여 교우, 가족 분들이 참석했습니다. 지난주 송년회 때는 650여 분들이 참석해 성황리에 행사를 진행했습니다. 우리 고대 AMP 행사에 참석하면 '대단하다', '뭔가 다르다'이런 느낌을 갖게 됩니다. 이게 어떤 느낌인지 내년부터 총교우회 행사에 적극 참여 하시면서 한번 경험해 보시기 바랍니다.

지난달에 ○○○ 회장님과 ○○○ 수석부회장님 등 임원단과 상견례 식사를 한 번 했는데 '와~ ○○기 대단하구나' 하는 생각을 했습니다. ○○기 분들의 열정, 분위기 이런 것들이 임원단을 통해 그대로 전달되는 것 같았습니다. 초대 임원단이 잘 선임이 되면 일단 그 기수는 잘 되게 돼 있습니다. 그래서 ○○기 여러분이 앞으로 더 기대가 많이 됩니다.

올해도 며칠 남지 않았습니다. 마무리 잘 하시고 갑진년 새해에도 복 많이 받으시기 바랍니다.

감사합니다.

초청 골프대회

- 고문단·회장단 초청 골프대회
- 기 회장·사무총장 초청 골프대회

고문단·회장단 초청 골프대회

🖊 행사 개요

역대 교우회장을 역임한 고문들과 회장단을 초청하여 진행하는 골프행사다. 교우회 최고 VIP들을 초청하여 진행하는 행사이므로 형식과 내용이 최고여야 한다. 최고로 예우받고 있다는 인식을 심어줄 수 있도록 한다. 인사말에서는 늘 든든한 후원자가 돼 주는 고문단·회장단에 대한 진심어린 고마움을 담는다. 최근 교우회 현안이나 향후 주요 행사 계획 등도 간단히 언급하며 관심과 참여를 요청한다.

🖊 주요 내용

- 계절 인사
- 교우회 VIP를 모시는 행사로서 특별한 의의와 기쁨 표현
- 고문단과 회장단의 도움과 역할에 대한 진심어린 감사
- 교우회 현안이나 이어질 주요 행사에 대한 참여 요청
- 오늘의 축제를 즐기세요
- 기타 : 당일 특별히 눈에 띄는 장면이나 감상

🖊 권장 분량 : 2분 내외

▲ 고문단 및 회장단 초청 골프대회

반갑습니다.

이렇게 좋은 계절에 존경하는 고문님들과 교우회 가장 든
든한 후원자이신 회장단을 모시고 초청골프 행사를 하게 되어
매우 기분 좋습니다.

특별히 오래간만에 필드에서 고문님들의 건강한 모습을
뵙게 되니 더 반갑습니다. 며칠 전 고문님들을 모시고 식사도
한 번 했습니다만 고문님들의 응원과 성원에 늘 감사드립니다.

이틀 후면 5월인데 세월이 참 빠릅니다. 벌써 ○○대 교우회도 2차년도 중간쯤에 와 있습니다. 여기까지 온 것도 다 고문님들과 회장단 도움 덕분이라고 생각합니다. 거듭 감사드립니다.

다음 달 ○월 ○○일에는 산정호수 일원에서 총교우 단합 등산대회가 있고, 9월 9일에 ○○○CC에서 총교우회장배 골프대회가 있습니다. 교우회 가장 큰 행사들인 만큼 변함없이 관심가져 주시고, 참여해 주시고, 성원해 주시길 부탁드립니다. ○○대 교우회를 같이 이끌고 여기까지 온 만큼 거듭 끝까지 함께해 달라는 부탁의 말씀드립니다.

오늘은 날씨도 좋고 동반자들 좋고 해서 저도 정말 즐겁게 라운드했습니다. 표정들을 보니 다들 행복한 라운드를 하신 것 같습니다. 오늘처럼 늘 건강 잘 챙기시면서 행복하시길 바랍니다.

감사합니다.

기 회장·사무총장 초청 골프대회

행사 개요

모든 행사 진행에 있어서 가장 많은 접점을 가지고 있는 기 회장, 사무총장들을 초청해 진행하는 골프대회이다. 교우회에서 모든 비용을 부담하지는 않지만 소요되는 비용의 절반 이하 정도만 참가비로 받는다. 교우회 입장에서는 평상시 교우회 행사 참가인원 모집 등에서 가장 부탁을 많이 하게 되는 대상이니 각별히 신경을 써서 행사를 치러야 한다. 실제 이들의 입장과 태도에 따라 기수 참가 인원은 확연히 차이가 난다. 좋은 관계 형성을 위해 최대한 예우하고 행사를 통해 친밀감을 높여야 한다.

주요 내용

- 계절 인사
- 당일 행사에 대한 소회와 감상
- 기 회장, 사무총장 역할의 중요성
- 도움받은 특별한 경험과 성과
- 남은 행사 도움에 대한 당부

권장 분량 : 2분 내외

반갑습니다.

정말 좋은 계절입니다.

오늘 라운드를 한 ○○○CC가 있는 곳이 행정구역상으로 '팔야리'입니다. '팔야리'라는 지명은 옛날 이성계가 이곳을 지나다가 하도 경치가 좋아서 '여덟 밤'을 지내다 간 곳이라 해서 붙여졌다고 합니다.

이런 좋은 곳에서 존경하는 기 회장님, 사무총장님들을 모시고 초청 골프대회를 하게 되어 정말 기분 좋습니다.

저는 항상 고대 AMP를 저와 집행부 몇 사람이 이끌어 가는 게 아니라, 여기 계신 기 회장, 사무총장님들과 함께 이끌어 간다고 생각합니다. 그런 측면에서 여러분과 저는 고대 AMP의 역사에서 한 시기를 같이 만들어가는, 대단한 인연을 가지고 있다고 할 수 있을 것입니다.

작년 총교우회장배 골프대회는 처음으로 8월에 대회를 하게 되었고, 코로나로 행사 동력이 많이 떨어져 있는 상황에서 초기에는 참가 인원 모집에 많은 어려움을 겪었습니다. 그때 몇 차례 번개 만찬을 통해 기 회장님, 사무총장님들께 기수 교우 분들의 참여를 독려해 달라고 요청드렸는데, 아주 적극적으로 동참을 해 주셨습니다. 그 결과 최종적으로는 81팀이 참가하는 성공적인 대회로 행사를 마칠 수 있었습니다. 그때도 정말 고맙고 감사하다는 생각을 했습니다.

저는 이렇게 어떤 것들도 함께 만들어 나가는 것이 고대 AMP의 힘이고 저력이라 생각합니다. 고대 AMP가 최고인 것도 여기 계신 기 회장님, 사무총장님들이 함께 해 주신 결과입니다.

다시 한번 교우들과의 접점에서 가장 중요한 역할을 해 주시는 기 회장, 사무총장님들의 노고에 감사드립니다.

행여 기수 교우회 운영하시면서 어려운 부분이 있거나 하시면 언제든 말씀해 주시기 바랍니다. 총교우회 차원에서 도울 수 있는 부분은 적극 돕도록 하겠습니다.

오늘 저도 좋은 분들과 정말 즐겁게 라운드했습니다. 다들 그러셨으리라 생각합니다. 수고 많으셨고 잠시 후 시상식에서 좋은 결과들 있으시기 바랍니다.

감사합니다.

기타 행사

- 조찬세미나
- 임원하계수련회

조찬세미나

🖋 행사 개요

시간 관계상 조찬세미나 인사말은 길게 할 수가 없다. 아침 이른 시간에 진행되고 대부분 종료 후 출근을 하기 때문에 강사의 강의 시간 확보도 빠듯하다. 회장은 간단한 인사와 함께 조찬세미나 주제의 취지 및 강사 소개를 하는 것으로 마무리해야 한다. 인사말을 길게 하는 것은 피해야 한다.

🖋 주요 내용

- 간단한 감사 인사
- 조찬세미나 주제 선정 취지 설명
- 강사 소개

🖋 권장 분량 : 1분 내외

반갑습니다.

항상 이렇게 교우회 행사를 성원해 주시고 열심히 참여해 주셔서 감사합니다.

오늘은 이른 시간인데도 이렇게 많이 참석해 주셔서 정말 감사합니다.

오늘 조찬세미나는 작년에 이어서 요즘 가장 핫한 주제인 AI 관련한 주제로 준비했습니다. 작년 조찬 세미나에서는 AI 시대에 대한 기본적인 이해를 다뤘다면, 오늘은 챗GPT를 포함한 AI를 실제 업무와 일상생활에서 어떻게 활용할 수 있을 것인가에 대해서 이해할 수 있는 시간이 될 거라 생각합니다.

시간 관계상 바로 강사님 소개해 드리고 강의 들어보도록 하겠습니다.

이 분야에서 책도 여러 권 내시고 가장 활발하게 강의 활동도 하시는 (IT○○○연구소) ○○○ 소장님을 모셔서 바로 강의 들어보도록 하겠습니다.

○○○ 소장님을 큰 박수로 모시겠습니다.

임원하계수련회

🖋 행사 개요

교우회 임원들을 초청하여 진행하는 1박 2일 행사다. 첫날에는 트레킹 팀과 골프팀으로 나누어 진행하고, 저녁에는 2부 행사와 함께 모두가 참석하는 만찬 시간을 갖는다. 만찬 후에는 이동 없이 호텔에서 숙박을 하기 때문에, 저녁 만찬 자리가 거나하게 늦게까지 이어진다. 이런 특성 때문에 임원하계수련회는 임원들 간의 친밀감을 높일 수 있는 매우 귀한 기회다. 둘째 날에는 모두가 함께 관광이나 트레킹을 즐기고, 중식 후 귀경한다.

🖋 주요 내용

* 계절 인사
* 임원의 의의와 역할의 중요성
* 임원으로서 참여에 대한 감사
* 임원들의 교우회 발전을 위한 헌신과 노력 기대
* 회장으로서 최선 다짐
* 이 행사를 즐기세요.

🖋 권장 분량 : 2분 내외

반갑습니다.

장마철에 원거리에서 진행하는 1박 2일 행사임에도 이렇게 많은 분들이 참석해 주셔서 감사합니다. 1박 2일 행사 참석은 시간도 많이 뺏기고 번거롭기도 하고 해서 여간한 성의가 있지 않으면 참석이 쉽지 않습니다. 그럼에도 불구하고 이렇게 참여해 주신 것은 그만큼 우리 고대 AMP에 대한 관심과 애정이 크기 때문이라고 생각합니다.

조금 새삼스러운 질문입니다만 저는 누군가가 '고대 AMP의 주인이 누구냐'고 묻는다면 주저 없이 오늘 참석해 주신 임원님들이라고 말할 것입니다. 그냥 임원이 아니라 오늘 참석해 주신 임원님들입니다. 오늘 같은 행사에 참석해서 서로 교류하고 친목도 다지고 교우회 운영에 대한 얘기도 해 주시고 하는 것이 진짜 주인의 모습이기 때문입니다.

임원하계수련회는 선배 기수 임원들과 최근 기수 임원들이 서로 인사도 나누고 우의를 다질 수 있는 좋은 기회입니다. 특히 오늘은 우리 선배 기수 임원님들이 조금 낯설어 할 수 있는 후배 임원들에게 먼저 다가가서 친근함을 좀 표현해 주시면 좋을 것 같습니다. 그래야 후배 임원들이 앞으로 교우회 행사에 더 부담 없이 참석할 수 있을 것 같습니다.

어느덧 ○○대 교우회도 6개월여를 남겨두고 있습니다.

남은 일정들도 차질 없이 준비해 치르도록 하겠습니다. 끝까지 변함없는 성원과 지지를 부탁드립니다.

오늘은 술 한 잔 해도 부담 없는 날입니다. 편하게들 한 잔 씩 하시면서 좋은 시간 보내시길 바랍니다.

감사합니다.

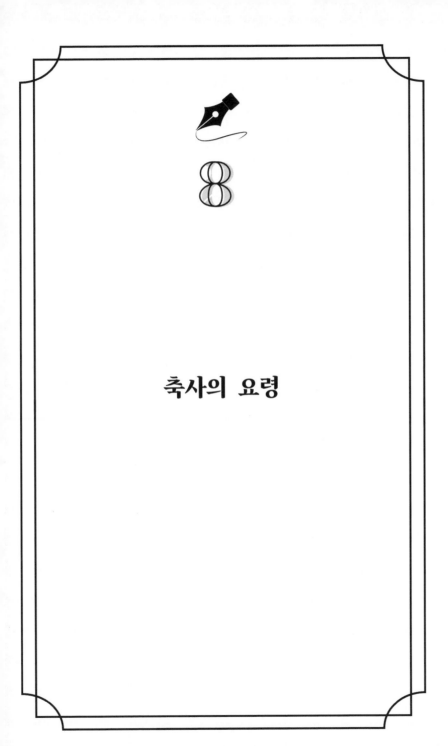

8

축사의 요령

축사는 단순한 인사말을 넘어, 축하 대상자와 청중에게 감동과 메시지를 전달하는 중요한 순간이다. 축사의 성공은 말의 내용뿐만 아니라, 그 전달 방식과 청중과의 공감 형성에 달려 있다. 축사자는 축하의 의미를 진심으로 전하고, 축하받는 이들과 청중 모두에게 감동을 줄 수 있는 메시지를 준비해야 한다. 이를 위해 청중의 특성과 행사 목적을 잘 이해하는 것이 중요하며, 적절한 길이와 톤, 그리고 구체적인 성과와 미래에 대한 비전을 함께 전달할 수 있어야 한다.

아래와 같은 요소들이 잘 반영된다면 축사는 단순한 의례를 넘어 진정성 있는 소통의 순간으로 탈바꿈할 것이다.

청중의 파악

축사를 준비할 때 가장 중요한 것은 청중의 특성을 파악하는 것이다. 청중의 연령대, 직업, 문화적 배경 등을 고려해 말의 톤과 어휘를 조정하면 축사의 공감과 몰입이 극대화될 수 있다. 예를 들어, 연령대가 다양한 경우에는 너무 어려운 전문 용어를 피하고, 이해하기 쉬운 표현을 사용함으로써 청중 모두가 공감할 수 있는 메시지를 전달할 수 있다. 청중의 관심사와 행사 목적을 파악해 그에 맞는 메시지를 전달하는 것은 축사를 성공으로 이끄는 중요한 첫걸음이다.

진심어린 톤

축사에서 진정성은 무엇보다 중요하다. 단순히 형식적인 축하의 말을 전달하는 것과, 진심으로 축하의 마음을 전하는 것은 청중에게 크게 다르게 느껴진다. 청중들은 축사자가 진심을 담아 말하는지 아닌지를 본능적으로 느낄 수 있다. 진심 어린 축사를 위해서는 개인적인 경험이나 축하 대상과 연관된 일화를 포함하는 것이 좋다. 축사자가 대상자의 성취와 노력을 직접 목격했거나, 함께한 특별한 순간을 이야기하면, 진정성이 더해진다. 이러한 이야기들은 축하의 의미를 더욱 강화하며, 청중에게 깊은 감동을 줄 수 있다.

또한, 목소리 톤과 표정, 몸짓과 같은 비언어적 표현 역시 진정성을 전달하는 데 중요한 역할을 한다. 목소리의 높낮이나 말의 속도를 조절하여 감정을 자연스럽게 표현하면, 청중은 축사자의 감정을 더 깊이 공감할 수 있다. 이런 비언어적 요소들이 잘 어우러지면, 축사는 청중에게 더 깊은 인상을 남길 수 있다.

적절한 길이

축사는 간결하고 명확해야 한다. 일반적으로 3분 내외의 축사가 적당하며, 핵심 메시지를 간결하게 전달하는 것이 중요하다. 너무 긴 축사는 청중의 집중력을 떨어뜨리고, 지나치게 길면 메시지의 진정성이 흐려질 수 있다. 특히 행사의 주요 연설자보다 더 긴 시간의 축사는 피해야 하며, 핵심 내용을 짧고 명확하게 전달하는 것이 중요하다. 청중에게 남길 메시지를 사전에 명확히 정리하고, 불필요한 설명을 덜어 내면 보다 집중력 있는 축사를 할 수 있을 것이다.

성과와 노력의 구체적 언급

축사에서 축하 대상의 성과를 구체적으로 언급하는 것은 축사의 핵심이다. 단순히 성과를 나열하는 것에 그치지 않고, 성과가 가지는 구체적인 의미를 청중에게 전달해야 한다. 축하받는 대상자가 이루어낸 성과와 그 과정에서 보여준 노력과 헌신을 구체적으로 설명함으로써, 성취의 진정한 가치를 전달할 수 있다. 예를 들어, 대상자가 어떤 어려움을 극복하며 성과를 이루었는지, 그 성과가 모임이나 조직에 어떤 영향을 미쳤는지를 이야기하면 청중은 그 성과의 깊이를 더욱 실감할 수 있다.

이와 함께, 구체적인 사례나 데이터를 제시하여 성과가 가지는 중요성을 강조하면, 청중에게 더 큰 감동을 줄 수 있다. 이러한 요소들이 축사에 포함될 때, 축사는 단순한 축하를 넘어서 청중에게도 의미 있는 메시지로 다가갈 것이다.

미래 발전에 대한 격려

축사의 마무리는 미래를 향한 긍정적인 메시지로 완성하는 것이 이상적이다. 축하 대상에게 앞으로 나아갈 방향과 비전을 제시하며, 현재의 성과를 발판으로 더 큰 성취를 이룰 수 있다는 희망적인 메시지를 전달하는 것이 핵심이다. 대상자뿐만 아니라 청중 모두에게 격려와 동기부여를 줄 수 있는 이런 축사의 마무리는 청중에게도 큰 울림을 남길 것이다.

미래의 도전과 가능성을 언급하며 긍정적인 기대를 심어주는 격려의 메시지는 대상자와 청중에게 자신감을 불어넣고, 앞으로의 성장과 성공을 상상하게 만든다. 이러한 격려의 말로 축사를 마무리하면, 축사의 의미와 감동이 더욱 깊어지고 오래 지속될 것이다.

서두에서 언급했듯이 축사는 단순한 의례를 넘어서 청중과 축하 대상에게 깊은 감동과 진정성을 전달할 수 있는 중요한 기회다. 축사의 성공은 축사자의 진심과 청중의 공감을 이끌어 내는 능력에 달려 있으며, 이를 위해 청중의 특성을 파악하고, 짧고 명료하게 핵심 메시지를 전달하는 것이 중요하다. 또한 성과를 구체적으로 언급하고, 미래의 발전을 격려하는 메시지로 축사를 마무리할 때, 축하의 의미는 더욱 강하게 전달된다. 이러한 요소들이 조화를 이루어 축사가 준비될 때, 축사는 청중에게 오래도록 기억에 남는 감동적이고 의미 있는 소통의 순간이 될 것이다.

축사에 포함해야 할 내용

축사를 할 수 있는 기회는 모임의 최고 내빈이나 회원들이 인정할 만한 권위를 갖는 외빈에게 특별하게 주어진다. 축사자는 이런 의미를 살려서 어떤 내용을 어떻게 축하해 줄 것인가를 명확히 인식하고 준비해야 한다. 사전에 어떤 내용을 어떻게 말할 것인지를 분명히 정리해 놓지 않으면 청중은 진심이 담겨 있지 않은 형식적인 몇 마디 말들을 듣게 될 것이다. 축하할 대상이 이룬 성과를 명확히 인식하고 그 성과에 대해 진심 어린 축사를 해준다면 감동과 동기부여를 받을 것이다. 그런 축사를 하기 위해 반드시 포함해야 할 내용들은 다음과 같은 것이 있다.

축사자로서의 겸양과 감사

축사자로서의 겸양과 감사는 축사를 시작할 때 겸손한 자세와 감사의 마음을 표현함으로써 청중의 마음을 여는 중요한 부분이다. 이는 축사자가 자신의 위치를 낮추고, 참석한 모든 사람들에게 감사의 뜻을 표함으로써 청중과의 공감대를 형성하고, 경청할 준비를 하게 만드는 역할을 한다.

성과 등에 대한 격려

성과 등에 대한 격려는 축사의 핵심 요소 중 하나로, 축사 대상의 노력과 성취를 인정하고 격려하는 부분이다. 이는 그동안의 노고에 대해 자부심을 느끼고, 자신들의 성과를 인정받았다는 긍지를 심어주는 역할을 한다. 또한, 이러한 격려는 그들이 앞으로 더 큰 도전에 나설 수 있는 동기부여가 될 것이다.

축하할 내용의 중요성과 의의

축하할 내용의 중요성과 의의는 성과의 본질을 강조하는 부분으로, 축하할 대상이 성취한 내용의 의미와 가치를 재조명하는 것이다. 이는 성과의 중요성을 상기시키고, 그 성과가 개인과 모임, 나아가 사회 전체에 미치는 긍정적인 영향을 설명함으로써 청중들에게 더욱 큰 자부심을 심어줄 수 있을 것이다. 이 부분이 논리적이고 설득력 있게 전달된다면 축사는 진정성과 동기부여라는 두 가지 중요한 요소를 동시에 달성하게 된다. 이러한 축사는 단순한 형식적 절차를 넘어, 청중들의 마음에 깊은 인상을 남기고 지속적인 성장을 촉진하는 중요한 계기를 만들어 줄 것이다.

관계자에 대한 감사 인사

관계자에 대한 감사 인사는 오늘의 성과가 있을 수 있도록 도와준 모든 분들에 대한 감사를 표하는 부분이다. 이는 스태프, 가족 등 다양한 관계자들의 지원과 헌신을 인정하고, 그들의 기여에 대해 공식적으로 감사를 표한다는 의미가 있다.

이러한 감사 인사는 관계자들과의 유대를 강화하고, 축사의 진정성과 격을 높여주는 효과를 준다.

미래에 대한 기대와 응원

미래에 대한 기대와 응원은 축하할 대상이 앞으로 나아갈 방향과 비전을 제시하며, 그들의 성공을 응원하는 부분이다. 이는 그들에게 자신감과 희망을 불어넣고, 앞으로의 도전에 대해 긍정적인 마인드를 가지도록 독려하는 역할을 할 것이다. 또한, 미래에 대한 응원은 그들이 사회에 기여할 수 있는 가능성을 강조함으로써 책임감을 심어줄 수 있다.

마무리 축하 메시지

마무리 축하 메시지는 축사의 마지막을 장식하며, 성취를 다시 한번 축하하고, 축하 대상의 미래를 축복하는 부분이다. 이는 축사의 여운을 남기고, 축하 대상들에게 따뜻한 감동을 전달하는 역할을 할 것이다. 또한, 그들이 오늘의 성과를 자랑스럽게 여기고, 앞으로도 지속적인 발전을 다짐하게 만드는 중요한 부분이다.

축사는 단순한 축하의 말에 그치지 않고, 진정성과 감동을 전달하는 중요한 소통의 순간이다. 축하 대상의 성과를 인정하

고, 그 성과가 지니는 의미를 강조하며, 관계자들에게 감사를
전하고, 미래에 대한 긍정적인 메시지로 마무리함으로써 축사
는 단순한 형식적 절차를 넘어 진심이 담긴 소통의 장으로 거
듭날 수 있을 것이다.

10

축사 예문

입학식

행사 개요

새롭게 입학하는 원우들을 첫 대면하게 되는 입학식이다. 입학식의 주관은 경영전문대학원이며 교우회 회장을 비롯해 교우회 주요 임원들이 입학을 축하해 주기 위해 참석한다. 교우회 회장은 교우회를 대표해 축사를 한다. 보통 경영전문대학원 원장의 인사말 이후에 하게 된다. 새롭게 AMP 과정에 입학하는 원우들에게 교우회장과 교우회에 대한 첫 이미지를 형성하게 할 수 있기 때문에 잘 준비해 할 필요가 있다.

주요 내용

· 축하 인사
· 해당 기수 입학에 대한 의미 부여
· AMP와 교우회 역사 및 현재 소개
· 수업 과정과 수료 후의 AMP 교우회 활용 조언
· 각 개인의 발전에 대한 기원과 격려
· 축하와 교우회 입회에 대한 기대감

권장 분량 : 2분 내외

▲ 입학식

안녕하세요? 반갑습니다.

고대AMP 교우회장 ○○○입니다.

먼저, 고대 AMP ○○기에 입학하신 모든 원우 여러분을 진심으로 환영합니다. 오늘 이 자리에 함께하게 되어 매우 기쁘고, 여러분 모두가 대한민국 최고의 AMP 과정에 입학하신 것을 진심으로 축하드립니다. 우리 고대 AMP는 50여 년의 전통과 대한민국 최고위 과정 중 단연 최고라는 명성을 자랑하며, 각 분야에서 탁월한 리더들이 모여 함께 성장하고 교류하는 장입니다. 여러분이 이곳에서 새로운 출발을 하게 된 것은 매우 뜻깊은 선택이며, 앞으로 여러분의 경력과 인생에 큰 자산이 될 것입니다.

이번 ○○기 과정부터는 이달에 부임하신 ○○○ 학장님과 ○○○ 부학장님의 지도하에 진행됩니다. ○○○ 학장님은 경영전략 분야에서 뛰어난 연구 성과를 내시고 30여 차례나 우수강의상을 수상하신 바 있는 경영전략 분야의 최고 권위자이십니다. 또한 ○○○ 부학장님은 마케팅 분야에서 큰 학문적 성과를 쌓아오신 분입니다. 저는 두 분의 탁월한 전문성과 학문적 깊이가 고대 AMP의 위상을 더욱 높이고, 새로운 도약을 이루는 데 중요한 역할을 하리라 확신하고 있습니다.

이미 각자의 자리에서 뛰어난 성과를 이루신 여러분이지만, 앞으로의 과정에서 배울 수 있는 것들은 더 많을 것입니다. 이곳에서 얻을 지식과 인연은 단순한 경험을 넘어, 앞으로의 미래를 함께 열어가는 소중한 자산이 될 것입니다. 동기들과의 네트워크를 형성하고, 배움의 즐거움을 누리며, 스스로의 역량을 더욱 강화하는 시간이 되기를 바랍니다.

6개월이라는 짧지 않은 기간 동안 학업과 일을 병행하는 것이 결코 쉬운 일은 아닙니다. 하지만 그 과정을 통해 여러분은 한층 더 성장할 것이며, 고대 AMP 교우회의 일원이 되는 날, 우리 교우회의 폭넓은 네트워크와 함께, 자신이 그 중심에서 새로운 기회를 만들어 나갈 수 있겠다는 자신감을 갖게 될 것입니다. 저는 여러분 모두가 한 사람도 빠짐없이 이 과정을 성공적으로 수료하고, 우리 교우회에 당당히 입회하는 모습을 기대하고 있습니다.

앞으로 AMP 과정을 통해 새롭게 얻게 될 인사이트와 배움을 바탕으로, 여러분의 미래가 더욱 밝고 활기차게 열리기를 진심으로 바랍니다.

여러분 모두의 성공적인 수료를 응원하며, 다시 한번 입학을 축하드립니다.

감사합니다.

수료식

🖊 행사 개요

6개월의 최고위 과정을 마친 기수의 수료식에서 하는 축사이다. 일과 학습을 병행하며 힘든 과정을 마친 기수 원우들에 대한 축하와 격려, 기대 등을 담는다. 수료와 동시에 입회하는 교우회에 대한 소개와 향후 활동을 독려하는 내용도 필요하다.

🖊 주요 내용

- 축하 인사
- 교육과정의 노고에 대한 격려
- 교육과정의 의의
- 교우회 소개와 입회 환영
- 원장 및 주임교수에 대한 감사 인사
- 앞날에 대한 축원으로 마무리

🖊 권장 분량 : 2분 내외

안녕하십니까, 자랑스런운 AMP ○○기 여러분.

고대 AMP 교우회장 ○○○입니다.

오늘 수료하는 ○○기는 ○○분의 교우들이 수료의 영예를 안게 되었습니다. 지난 6개월 동안 여러분은 각자의 바쁜 일정 속에서도 일과 학업을 병행하면서 헌신적인 노력의 결과로 마침내 고대 AMP 교우 가족의 일원이 되셨습니다. 여러분의 열정과 노고에 대해 깊은 존경을 표합니다.

고대 AMP 과정이 단순한 학문적 지식을 넘어, 경영인으로서의 통찰력과 리더십을 함양하는 소중한 배움의 장이 되었으리라 믿습니다. 여러분은 이 과정을 통해 급변하는 비즈니스 환경 속에서의 혁신적 사고와 전략적 리더십을 배양하셨을 것입니다. 이러한 경험은 앞으로 여러분의 경영 활동에 큰 밑거름이 될 거라 생각합니다.

또한, 여러분은 짧은 과정이었지만 밀도 있게 운영되는 프로그램 속에서 성공적인 위치에 있는 다양한 분야의 교우들을 만났을 것입니다. 이 인연들은 앞으로도 계속 이어져 여러분의 비즈니스와 개인적 성장을 지원하는 든든한 네트워크가 될 것입니다.

존경하는 ○○기 교우 여러분!

오늘부터 여러분은 원우가 아닌 자랑스러운 고대 AMP 교우회의 일원입니다. 우리 교우회는 사회 지도적 위치에 있는 인적 네트워크의 중심으로, 약 5,100여 분의 훌륭한 선배들이 각계각층에서 활발히 활동하고 있습니다. 여러분께서도 적극적으로 참여하셔서 선배들의 지혜를 배우고, 여러분의 열정을 보태어 개인과 교우회가 함께 발전하는 기회로 만드시길 바랍니다.

마지막으로, 고려대 경영대학을 세계적 수준으로 올려놓으신 존경하는 ○○○ 원장님과 선발부터 수료까지 AMP 전 과정에서 헌신적 노력을 기울여주신 ○○○ 주임교수님, 정말 수고하셨고 감사드립니다.

다시 한번 ○○기 수료를 진심으로 축하드리며, 여러분의 앞날에 무한한 가능성과 기회가 함께하기를 바랍니다.

감사합니다.

봉사위원회 회장 이·취임식

📝 행사 개요

교우회 주요 동호회 중의 한 곳인 봉사위원회 회장 이취임식 행사에서의 축사이다. 봉사위원회는 AMP 교우회가 '노블리스 오블리주'를 실천하는 모습을 보여 주는 상당히 큰 의미를 가진 동호회이다. 많은 신입 교우들이 이타심의 발로로 수료 후 가입을 원하는 동호회이기도 하다. 자발적 후원과 자기희생이 요구되는 동호회인 만큼 많은 격려와 지지를 해 줄 필요가 있다.

📝 주요 내용

• 봉사위원회가 갖는 특별한 의미
• 봉사위원회의 업적
• 헌신과 희생에 대한 찬사
• 전 회장 노고와 업적에 대한 찬사와 새 회장에 대한 기대
• 진심 어린 격려와 지원 약속

📝 권장 분량 : 2분 내외

어떤 사람들은 AMP 모임을 먹고 살만한 사람들이 모여 놀고 즐기는 곳 정도로 생각할지 모릅니다.

하지만 우리 고대 AMP 봉사위원회의

- 2017년 남아프리카공화국 빈민촌 사랑의 집짓기 100 여 채 후원
- 2018년 아프리카 어린이 2명에 대한 심장병 수술지원
- 2019년 요양병원 봉사활동, 소아암 가족 장기자랑 후 원 등

이런 활동을 봤다면 그런 생각을 할 수 없을 것입니다.

봉사위원회는 우리 고대 AMP의 공허함을 채워주는 동호 회입니다. 우리끼리의 친목 도모와 우리끼리의 오락은 온전하 지 않습니다.

돈만 잘 버는 기업을 좋은 회사라고 하지 않습니다. 좋은 회사가 되려면 사회에 대한 책임과 헌신이 함께 있어야 합니 다. 우리 사회가 최근 ESG경영을 기업이 나아가야 될 방향으 로 제시하는 것도 이런 맥락이라고 볼 수 있습니다.

봉사위원회의 이웃에 대한 헌신과 사회에 대한 공헌이 그 부족한 부분을 채워주고 있습니다. 그래서 고대 AMP는 봉사위 원회가 있어서 온전할 수 있습니다.

저는 재임 시에 선견지명을 가지고 이런 대단한 역할을 하는 봉사위원회를 처음 만들고 후원을 아끼지 않으신 ○○○ 고문님,

- ○○○ 초대 회장님
- 앞에 소개해드린 업적을 통해 봉사위원회를 너무도 빛 나게 해주신 ○○○ 전 회장님
- 어려운 코로나 상황에서도 역할을 다해 주신 ○○○ 회장님
- 그리고 오늘 새롭게 책임을 맡으신 ○○○ 회장님

이분들께 무한한 감사와 존경을 표하는 바입니다.

특별히 오늘 취임하시는 ○○○ 회장님, 진심으로 축하드 립니다!

○○○ 회장님은 일찍부터 봉사위원회에 적극적으로 참여 하여, 현재의 봉사위원회를 있게 하신 주역 중 한 분입니다. 또 한, 고대 AMP 총교우회에도 많은 후원과 활발한 활동을 통해 큰 도움을 주신 분입니다. 이런 훌륭하신 분이 고대 AMP 핵심 동호회 회장에 취임하게 되어 무엇보다 다행스럽게 생각하며, 이 소임을 맡아 준 것에 대해서도 감사하게 생각합니다.

집행부뿐만 아니라, 봉사위원회에 참여하는 한 분 한 분의

소중한 마음도 늘 기억하고 간직하겠습니다. 봉사와 헌신, 나눔을 통해 사회에 기여하는 여러분 모두가 너무 고맙고 자랑스럽습니다.

저도 교우회장으로서 마음과 정성을 보태겠습니다. 어떤 형태든 봉사와 헌신의 방법을 제시해 주시면 교우 분들과 함께 적극 참여하겠습니다.

다시 한 번 ○○○ 회장님의 취임을 축하드리며 봉사위원회의 노력과 헌신에 감사드립니다.

고맙습니다.

11

AI와 함께하는
회장 인사말 작성

인사말 작성과 AI

챗GPT와 같은 AI 도구들이 우리 일상 속에 깊숙이 자리 잡으며, 인사말 작성 과정에도 혁신적인 변화를 가져오고 있다. 과거에는 형식적인 문구나 구조를 고민하며 시간을 많이 소모했지만, AI는 이 과정을 단순화하고 효율적으로 변환시켰다. 특히, AI는 형식적이고 반복적인 작업에서 유용한 도구로서, 인사말 작성자가 핵심 메시지와 개인적인 경험에 집중할 수 있는 시간을 만들어 주고 있다.

AI는 초안을 빠르게 생성해 주고, 작성자는 이를 바탕으로 개인적인 스타일에 맞춰 수정 및 보완하여 메시지를 더욱 구체화할 수 있다. 이 과정에서 AI는 다양한 표현과 문체를 제안하여 인사말이 단조롭지 않도록 돕는다. 이를 통해, 보다 다채롭고 세련된 인사말을 완성할 수 있다.

또한, AI는 명확한 구조와 논리적 흐름을 제공하여 인사말의 일관성을 높이는 데 중요한 역할을 한다. 복잡한 메시지를 명료하게 정리하고 자연스러운 문장으로 전환함으로써, 핵심 메시지를 효과적으로 전달할 수 있게 돕는다.

물론, AI가 제공하는 초안을 그대로 사용하는 것만으로는 감동적인 인사말을 완성할 수 없다. 최종 인사말이 청중에게 깊은 인상을 주려면, 회장의 메시지와 경험, 감정을 반영하여 문구를 다듬고, 행사와 청중에게 맞는 인사말로 수정하는 과정이 반드시 필요하다. AI는 이 모든 과정을 지원하는 강력한 조력자 역할을 하며, 작성자가 더욱 설득력 있고 명료한 인사말을 작성할 수 있도록 돕는다.

이 챕터에서는 인사말 작성에 있어서 AI의 장점과 AI가 인사말 작성에 어떻게 활용될 수 있는지, 그리고 그 과정에서 AI의 유용성을 극대화할 수 있는 방법들을 다룬다. AI와의 협업을 통해 더욱 체계적이고 효과적인 인사말 작성 방법을 경험하게 될 것이라 생각한다.

챗GPT를 활용한 인사말 작성의 장점

챗GPT는 글쓰기의 훌륭한 도구로, 인사말 작성에서도 놀라운 경험을 제공한다. 특히 글을 쓸 때 부담스럽게 다가올 수 있는 '첫 문장'부터 다양한 표현 방식까지 제안하여 생각의 폭을 넓혀주는 역할도 한다. 자체로서 완벽하지는 않지만, 잘 활용하면 시간과 노력을 크게 절약할 수 있게 해준다. 인사말 작성에서 챗GPT가 제공하는 구체적인 장점을 살펴보고자 한다.

시간 절약

바쁜 회장의 일정을 고려할 때, 인사말을 작성하는 데 많은 시간을 할애하기는 쉽지 않다. 챗GPT는 주어진 정보를 바탕으로 빠르게 인사말 초안을 생성할 수 있어, 회장은 그 초안을 기반으로 더 깊이 있는 내용을 추가하거나 수정하는 데 집중할 수 있다. 이렇게 함으로써 회장은 보다 효율적으로 시간 관리를 할 수 있으며, 다른 중요한 업무에 더 많은 시간을 할애할 수 있다.

다양한 아이디어 제공

인사말을 작성할 때 가장 어려운 부분 중 하나는 새로운 아이디어를 떠올리는 것이다. 챗GPT는 방대한 데이터베이스를 기반으로 다양한 표현과 문구를 제시하여 회장이 보다 창의적인 인사말을 작성할 수 있도록 도와준다. 예를 들어, 동일한 주제를 다루더라도 챗GPT는 여러 가지 스타일의 문장을 제시하여, 회장이 인사말을 더욱 풍부하고 다채롭게 구성할 수 있도록 지원한다. 이로 인해 인사말의 표현이 단조로워지지 않고, 청중의 관심을 끌기에 충분한 내용으로 채워질 수 있다.

표현의 다양성 제공

인사말에서 사용되는 어휘나 문장 구조가 제한적이라면 청중에게 지루함을 줄 수 있다. 챗GPT는 다양한 어휘와 문장 구조를 제안하여, 인사말의 풍부함을 더해준다. 특히, 공식적인 자리에서 요구되는 엄격한 표현이나 형식적 언어를 챗GPT가 제안해 줌으로써, 회장은 인사말을 보다 정제된 형태로 다듬을 수 있다. 이러한 과정은 회장이 인사말을 작성할 때 더 많은 선택지를 제공받을 수 있도록 도와준다는 걸 의미하기도 한다.

생각을 명확히 정리해주는 도구

인사말을 작성할 때, 회장이 전달하고자 하는 메시지나 아이디어가 명확하지 않으면 글의 흐름이 산만해질 수 있다. 챗GPT는 이를 명확하게 구조화하는 데 큰 도움이 된다. 먼저, 회장이 전하고자 하는 주제나 핵심 메시지를 정리한 후 AI에 입력하면, 이를 바탕으로 논리적이고 체계적인 초안을 생성해 준다. 예를 들어, 여러 가지 아이디어를 어떻게 연결해야 할지 고민할 때 챗GPT는 자연스럽고 흐름이 있는 문장을 제안해, 회장이 쉽게 메시지를 전달할 수 있도록 돕는다. 이처럼 챗GPT는 회장의 생각을 논리적으로 정리하고, 불필요한 내용을 덜어내면서도 중요한 부분은 더욱 부각시켜 줄 수 있는 유용한 도구다.

적절한 톤과 감정 관리

인사말에서 감정의 톤과 언어의 선택은 매우 중요하다. 과도하게 감정적인 표현은 자칫 부담을 줄 수 있고, 반대로 너무 무미건조하면 진정성이 느껴지지 않을 수 있다. 챗GPT는 이러한 감정의 균형을 맞추는 데 큰 도움을 준다. AI는 회장이 전달하고자 하는 감정의 강도에 따라 적절한 어조를 제안해 주며, 인사말의 톤이 지나치게 격정적이거나 차가워지지 않도록 조정하는 데 효과적이다. 챗GPT는 이러한 감정의 조율을 통해 인사말의 진정성과 설득력을 높여주는 역할을 한다.

챗GPT는 단순한 문장 생성 도구를 넘어, 다양한 표현과 아이디어를 제시하여 인사말을 풍부하게 만드는 데 중요한 역할을 한다. 특히 챗GPT는 반복적인 작업을 자동화하고, 여러 가지 스타일의 문장을 제시해 작성자가 선택할 수 있도록 도와준다. 특히 복잡한 아이디어를 명확하게 정리하고, 적절한 톤과 감정을 조율하는 데 있어 유용한 도구로 작용한다. 이를 통해 회장은 인사말을 보다 효율적이고 창의적으로 준비할 수 있으며, 짧은 시간 안에 높은 완성도를 가진 결과물을 얻을 수 있다. 챗GPT가 제공하는 이런 장점들은 인사말 작성의 부담을 덜어줄 뿐만 아니라, 회장이 더 중요한 메시지에 집중하도록 돕는 강력한 조력자 역할을 해줄 것이다.

챗GPT를 이용한 인사말 작성의 절차

챗GPT를 활용하면 인사말 작성 과정을 보다 체계적이고 효율적으로 진행할 수 있다. 단순한 문장 생성 이상의 도움을 제공하는 챗GPT는, 기본 정보를 입력하면 행사 목적에 맞는 핵심 메시지를 구성하고, 청중의 특성에 맞춘 내용을 제안하는 등 인사말 작성의 전 과정을 돕는다. 구체적인 정보 입력부터 초안 생성, 수정 및 개인화, 최종 검토에 이르기까지 챗GPT를 통한 인사말 작성 절차는 체계적이고 명료하다. 그 단계별 절차를 구체적으로 살펴보고자 한다.

1. 행사와 목표 설정

인사말은 그저 형식적인 절차가 아니라, 회장의 의도와 비전을 전달하는 중요한 수단이다. 따라서, 작성에 앞서 어떤 행사에서의 인사말 인지와 인사말의 주요 목적을 정해야 한다. 예를 들어, 행사에 따라 감사 인사를 전하고자 하는지, 성과를 보고하고자 하는지, 아니면 미래의 비전을 제시하고자 하는지 등을 먼저 결정해야 한다는 것이다. 이 과정에서 행사와 청중의 특성을 고려하여 핵심 메시지를 먼저 정리해야 하는데, 이행사에 따른 목표 설정이 명확할수록 인사말의 방향성이 뚜렷해지고, 챗GPT를 활용할 때도 더 적합한 내용을 생성할 수 있게 된다.

2. 행사 기본 정보 입력

챗GPT가 생성하는 인사말 초안의 질은 입력된 정보의 정확성과 풍부함에 달려 있다. 행사 종류, 참석 대상, 행사 목적, 청중의 특성, 그리고 회장이 전달하고자 하는 핵심 메시지 등을 구체적으로 입력해야 한다. 예를 들어, 특정 행사가 연례행사인지, 신입 회원을 위한 입학식인지, 또는 경영대상 시상식 및 송년 후원의 밤 같은 특별한 행사인지에 따라 인사말의 톤과 내용이 달라져야 한다. 이와 같은 정보 입력은 챗GPT가 인사말 초안을 작성할 때 더 맞춤화된, 즉 행사와 청중에 적합한 내용으로 구성할 수 있도록 도와주는 역할을 한다.

3. 초안 생성

챗GPT가 제공한 초안은 인사말 작성의 기초가 된다. 이단계에서 챗GPT는 앞서 입력된 정보를 바탕으로 인사말의 전체적인 구조와 주요 메시지를 포함한 초안을 생성한다. 생성된 초안은 전반적인 흐름과 주제에 맞게 정돈된 형태로 제공되며, 회장은 이를 기반으로 인사말을 다듬고 보완 및 발전시켜 나가면 된다. 이 초안은 단순히 전체적인 구조뿐만 아니라, 문장 구성, 어휘 선택, 그리고 전달하고자 하는 메시지를 어떻게 효과적으로 배치할 것인가에 대한 구체적인 방향성을 제시해 준다. 이 단계에서는 초안의 흐름이 논리적이고 일관성이 있는지, 주요 메시지가 명확히 드러나는지를 검토하며, 초안의 기본 틀을 정해야 한다.

4. 수정 및 개인화

챗GPT가 생성한 초안을 단순히 그대로 사용하는 것이 아니라, 수정 및 개인화 과정을 통해 인사말을 회장의 목소리에 맞게 변형하는 것이 중요하다. 이 단계에서 회장은 초안을 꼼꼼히 검토한 후, 자신의 개인적인 경험이나 특정 메시지를 추가하여 인사말을 더 깊이 있고 진정성 있게 만들어야 한다. 이 과정에서 회장은 초안의 기본 틀을 유지하되, 자신의 감정과 경험을 담아냄으로써 인사말이 청중에게 더욱 강한 인상을 남길 수 있도록 한다. 또한, 이 단계에서는 행사와 청중의 특성에 맞게 문구를 조정하고, 메시지가 효과적으로 전달되도록 표현을 세밀하게 다듬어야 한다.

5. 최종 검토

　수정 및 개인화 과정을 거친 인사말을 다시 한번 꼼꼼히 읽어보며, 문법적 오류나 불필요한 반복을 제거해야 한다. 이 단계에서는 인사말이 논리적으로 잘 연결되어 있는지, 전달하고자 하는 메시지가 분명하고 일관성 있게 표현되었는지, 그리고 청중에게 감동을 줄 수 있는지 등을 최종적으로 점검한다. 또한, 발음하기 어려운 단어나 문장 구조를 다듬어, 실제 연설에서 인사말이 자연스럽게 전달될 수 있도록 수정한다. 최종 검토를 통해 완성된 인사말은 회장의 진심과 메시지를 담아내며, 행사에서 성공적으로 전달될 준비를 비로소 마친 상태가 된다.

인사말 작성: AI 도구와의 협업 과정

챗GPT 같은 인공지능은 사용해 볼수록 경이로움을 느끼게 한다. 특히 글쓰기에 있어서는 작성자의 능력을 몇 배로 증폭시켜 준다는 생각을 갖게 한다. 이 장에서는 경이로운 AI 도구를 활용해 인사말을 직접 작성하는 과정을 보여 주려고 한다. 사용할 AI 도구는 네이버 크로바노트(CLOVA Note)와 챗GPT다.

네이버 크로바노트는 네이버에서 제공하는 음성 녹음 및 텍스트 전환 서비스다. 이 앱은 회의, 강의, 인터뷰 등의 음성을 녹음하고 이를 자동으로 텍스트로 변환시켜 준다. 네이버 크로바노트와 챗GPT를 활용하면, 인사말 작성의 초기 단계에서부터 최종 단계까지 쉽고 체계적인 방법으로 결과물을 만들어 낼 수 있다.

물론 크로바노트를 사용하지 않고도 인사말에 담을 주요 내용을 정리해 챗GPT에 요청하면 인사말 초안을 받아볼 수 있다. 하지만 조금 더 부담감 없이 시작해 볼 수 있는 방법이 크로바노트를 활용하는 것이다. 네이버 크로바노트와 챗GPT를 활용해 '경영대상 시상식 및 송년 후원의 밤' 회장 인사말을 작성하는 과정을 5단계로 나누어 작성 사례와 함께 설명해 보려고 한다.

1. 인사말에 담을 주요 내용 정리

첫 단계는 인사말에 담고자 하는 주요 메시지와 내용을 정리하는 것이다. 이 단계에서 회장은 감사의 표현, 모임의 성과와 비전, 그리고 미래에 대한 기대 등을 포함해 전달하고자 주요 메시지를 구체적으로 정리한다. 다음과 같은 내용이 포함될 수 있을 것이다.

예시 **인사말 주요 내용**

• 참석에 대한 감사 인사(교우, 내빈, 외빈)
• 임기를 마무리하는 소회
• 임기 중의 성과 설명
• 경영대상 수상자에 대한 찬사
• 도와준 분들에 대한 감사
※ 교우회의 특별 현안과 준비 상황
• 교우회의 자부심과 비전
• 교우회에 대한 축원

• 마무리 인사

2. 주요 내용의 표현 방법 구상 및 메모

　　다음으로, 정리된 내용을 어떻게 표현할지 구상하는 과정
이다. 주요 내용별 간략한 메모를 통해 구체적인 표현 문구나
아이디어를 기록해 두면, 크로바노트로 녹음을 할 때 말하고자
하는 바를 훨씬 자연스럽게 문장에 담아낼 수 있다.

예시 **인사말 주요 내용과 표현 방법 등 메모**

■주요 내용

• 참석에 대한 감사 인사(교우, 내빈, 외빈)
－ 교우와 가족, 고문, 학장, 주임교수 등

• 임기를 마무리하는 소회
－ 임기 초 코로나로 인한 어려움. 무사히 마무리할 수 있는 것에
　대한 감사

• 임기 중의 성과 설명
－ 총교우 단합 등산대회, 총교우회장배 골프대회, 송년 후원의 밤 등

• 경영대상 수상자에 대한 축하와 찬사
－ 각각의 경영능력과 성과

- 도와준 분들에 대한 감사

- 3분 위원장, 동호회장, 동호회 사무총장, 각 기수 회장, 사무총장 등

※ 교우회의 특별 현안과 준비 상황

- 교우회 창립 50주년 행사 준비위원회 발족

- 교우회의 자부심과 비전

-교우들의 참여로 이뤄낸 대한민국 최고 AMP의 자부심

- 교우회에 대한 축원

-새해 건강과 행복 기원

- 마무리 인사

※ 주요 내용에 추가적 사항들을 편의상 타이핑했지만 펜으로 편하게 끄적거리는 걸 추천한다.

3. 구술 및 텍스트화 : 네이버 크로바노트

네이버 크로바노트를 활용해 정리된 내용을 구술한다. 구술이 완료되면 녹음된 내용은 자동으로 텍스트화된다. 이 단계에서는 텍스트로 변환된 내용이 문맥적으로 일관성이 있는지, 전달하고자 하는 메시지가 명확하게 드러나는지도 검토해야 한다. 발음 인식이 제대로 되지 않은 부분과 표현이 어색한 부분이 있으면 수정 및 보완한다.

예시 크로바노트를 활용한 구술 및 테스트화 과정

1) 주요 내용 구술 녹음

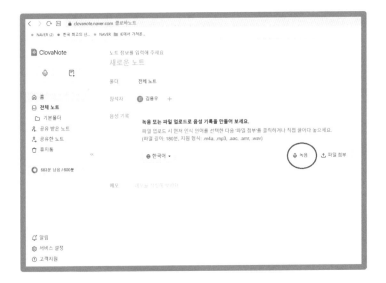

※ 녹음 버튼을 누르면 바로 녹음이 시작된다.

2) 발화 상황과 참석자 수 선택

발화 상황과 참석자 수를 선택해 주세요.
대화를 더 정확하게 인식할 수 있습니다.

발화 상황

○ 대화　　　　　○ 회의

○ 인터뷰 · 상담　● 메모

○ 강연　　　　　○ 전화 통화

참석자 수

선택 안 함　1명　　2명　　3명　　4명　5명 이상

[확인]

※ 종료 버튼을 누르면 발화 상황과 참석자 수를 선택하는 위 화면
　이 바로 뜬다. 인사말의 주요 내용을 혼자 구술하는 과정이므로
　메모, 1명을 선택하면 된다.

3) 저장 파일 형식 선택 및 다운로드

음성 기록을 다운로드할까요?

- T 텍스트 문서(.txt)   ◉ ㅎ **한글 문서(.hwp)**

- W Word 문서(.docx)   X Excel 문서(.xlsx)

- S SRT 문서(.srt)

포함 정보

☐ 시간 기록   ☐ 참석자   ☐ 하이라이트

취소   **다운로드**

※ 저장 파일 형식을 선택하고 포함 정보는 군이 필요 없으므로 바로 다운로드를 눌러 저장한다.

4) 구술한 인사말 주요 내용 텍스트 생성

경영대상 시상식 및 송년 후원의 밤에 후원의 밤 인사말에 포함될 주요 내용이야 참석자들에 대한 감사 인사를 하고 싶은데 교우들과 가족들 그리고 참석해 주신 모든 분들께 감사하다는 인사를 넣고 특히 역대 교우회장을 역임하신 고문님들에 대한 고마움을 표시하고 싶어 고문님 들은 고대 AMP 교회가 대한민국 최고가 되는 데 있어서 가장 중요한 역할을 이렇게 해주신 분들이고 오늘 이렇게 특별하게 참석해서 자리를 빛내주고 하셔서 이렇게 너무 감사하다는 그런 내용 그리고 오늘 특별히 고대 경영대를 세계적인 수준으로 이렇게 올려놓으신 ○○○ 학장님과 고대 AMP 신입원우 선발부터 수료까지 전체 과정을 책임지고 계신 ○○○ 주임 교수님께서 오셔서 이렇게 자리를 빛내주셔서 너무 감사하다는 그런 내용도 포함하고 싶어. 다음은 임기를 마무리하는 소회를 포함하려고 하는데 2년 전 임기를 시작할 때는 코로나가 끝나는 시기이고 교우회가 어느 정도는 좀 침체돼 있는 그런 시기에 회장을 맡아서 임기를 시작하게 되었는데 그때는 너무 부담감도 크고 또 그 교우 회장에 대한 그런 무게감 때문에 굉장히 이렇게 부담스러운 그런 마음이었는데 지금 이렇게 교우님들과 또 여러분들의 이런 협조로 어느 정도는 크게 무리 없이 이렇게 회장 임기를 마무리하고 오늘 이 자리에 서게 돼서 참 너무 다행스럽다는 생각이야.

임기 중 성과로는 등산대회 5월 달에 하는 총교우 단합 등산대회 때는 두 번 다 300명 이상의 교우와 가족들이 참석한 그런 성대한 소풍 같은 그런 행사를 했던 그런 그리고 총교우회장배 골프대회는 대한민국 AMP 유일하게 두 번 다 이렇게 80팀 이상 320여 분의 이상이 참석하는 그런 큰 행사로 이렇게 치렀던 그런 내용과 그리고 오늘을 포함해서 연말 송년회에는 700여 교우와 가족분들이 참석한 성대한 이런 잔치 같은 행사로 송년회를 하게 되는 이런 부분들에 대한 부분이 2년 동안에 이렇게 성과로 얘기할 수 있을 것 같고 무엇보다도 코로나로 이렇게 교우회가 좀 모임이나 이런 걸 잘 가질 수 없음으로 해서 굉장히 좀 침체기를 겪었는데 침체된 상황이었는데 이런 부분들을 다시 이렇게 어느 정도 원상회복시켜 놓은 이런 부분들을 좀 성과로 이렇게 얘기할 수 있을 것 같고 그리고 오늘 특별히 송년회는 우리 교우 분들 중에서 가장 사업적으로 이렇게 좋은 성과를 내고 있는 이런 분 세 분에게 경영대상을 시상을 하게 됐는데 이 경영 대상은 고대 AMP 어떤 최고의 영예 중에 하나라고 얘기할 수 있을 것 같고 이 어려운 시기에 사업을 이렇게 잘 이끌어 오신 분들에 대해서 주는 큰 상으로서 오늘 세 분께 정말 축하한다는 그런 얘기를 좀 넣고 싶고 그리고 특별히 오늘 지난 2년 내 임기 동안에 교회 운영에 정말 많은 도움을 주신 분들에 대한 고마움을 또 전하고 싶어. ○○○ 경영대상 심사위원장님 그리고 ○○○ 자문위원장님. ○○○ 지도위원장님을 비롯해서 동호회 회장님들과 사무총장님들. 각 기수 회장님들 각 기수 사무총장님들께 특별한 고마움을 이렇게 전하고 싶고 그리고 이제 우리 교우회는 내년이 50주년을 창립 50주년을 맞는데 이건 정말 대단한 그런 어떤 행사로서 기념이

돼야 되고 지난 50년 동안 우리 고대 AMP가 대한민국 최고로서 자리매김했는데 이 부분을 성대하게 이렇게 축하해야 되고 이 행사를 위해서 이달에 고대 AMP 창립 50주년 기념행사 준비위원회를 이렇게 발족을 시킬 계획이라는 이 부분을 이렇게 또 넣고 싶고 우리 교우회는 정말 여러 교우님들의 어떤 성원 덕분에 교우들 간에 정말 끈끈한 그런 유대관계를 갖고 있고 여러 측면에서 대한민국 최고의 AMP로서 비교 불가한 그런 성과들을 가지고 있는 이런 부분들에 대한 정말 그 자부심을 좀 느끼면 좋을 것 같고 이 모든 거는 교우님들의 어떤 성원과 참여 이런 덕분이라는 부분을 얘기해주고 싶어.

올해 이제 12월인데 올해 정말 수고하셨고 내년에도 가족 간에나 아니면 사업적으로도 큰 어떤 또 성과를 이루는 그런 시기가 됐으면 해. 이런 내용들을 담아서 경영대상 시상식 및 송년 후원의 밤 회장 인사말을 작성하고 싶어.

4. 초안 생성 : 챗GPT

이제 챗GPT를 활용해 크로바노트를 통해 텍스트화된 자료를 바탕으로 인사말의 초안을 생성한다. 입력한 텍스트 정보를 기반으로, 챗GPT는 일관된 구조와 적절한 문구로 구성된 인사말 초안을 빠르게 생성해 준다. 이 초안은 구상한 내용을 구체적으로 표현하며, 전체적인 흐름과 메시지를 자연스럽게 연결하여 완성된 문장으로 만들어 준다. 이 과정에서 초안이 행사와 청중의 특성에 부합하는지와 의도한 메시지가 자연스럽게 표현되어 있는지 등을 다시 한번 확인하는 것이 중요하다.

예시 챗- GPT에 요청 내용 및 답변 초안

요청 내용

이 내용을 반영해서 12월 5일 있는 '경영대상시상식 및 송년 후원의 밤' 행사의 회장 인사말을 작성해줘.

※ 텍스트로 생성된 구술 내용을 복사하여 챗GPT 질문 창에 붙여 넣고 위와 같은 명령어(요청)를 입력하면 아래와 같은 답변이 생성된다.

답변

존경하는 교우님들, 그리고 가족 여러분,

오늘 이렇게 소중한 자리에 함께해 주신 모든 분들께 진심으로 감사의 인사를 드립니다. 특히, 우리 고대 AMP 교우회를 대한민국 최고로 이끌어주신 역대 교우회장을 역임하신 고문님들께 깊은 감사의 말씀을 전하고 싶습니다. 고문님들께서는 우리 교우회가 지금의 위치에 오르기까지 가장 중요한 역할을 해주셨으며, 오늘 이 자리를 빛내주셔서 너무나 감사드립니다. 또한, 오늘 특별히 이 자리에 참석해 주신 ○○○ 학장님과 고대 AMP 신입원우 선발부터 수료까지의 과정을 책임지고 계신 ○○○ 주임 교수님께도 깊은 감사의 인사를 드립니다. 두 분의 지혜롭고 헌신적인 지도 덕분에 우리 교우회는 한 단계 더 성장할 수 있었습니다.

저는 2년 전 회장 임기를 시작하면서, 코로나로 인한 어려운 시기에 교우회를 이끌어야 한다는 큰 부담감과 책임감을 느꼈습니다. 그때는 교우회의 분위기가 다소 침체되어 있었지만, 교우 여러분의 협조와 성원 덕분에 큰 어려움 없이 임기를 마무리하고, 오늘 이 자리에 서게 되어 참으로 다행스럽고 감사한 마음입니다.

임기 중 성과로는, 매년 5월에 열리는 등산대회에 300명 이상의 교우와 가족들이 참석하며 성대한 행사를 치렀고, 총교우회장배 골프대회도 대한민국 AMP 중 유일하게 80팀 이상 320여 명의 교우들이 참석하는 큰 행사로 자리매김했습니다. 오늘 송년회에도 700여 명의 교우와 가족들이 참석하여 연말을 축하하는 뜻깊은 자리를 함께하고 있습니다. 특히, 코로나로 인해 모임이 어려웠던 침체기를 극복하고 교우회를 다시 활성화시킨 점은 무엇보다 큰 성과라 생각합니다.

오늘은 특별히 경영대상을 시상하게 되었는데, 이 상은 고대 AMP에서 가장 큰 영예 중 하나입니다. 어려운 시기에도 불구하고 사업을 성공적으로 이끌어 오신 세 분께 진심으로 축하의 말씀을 전하고 싶습니다. 또한, 이번 임기 동안 교우회 운영에 많은 도움을 주신 ○○○ 경영 대상 심사위원장님, ○○○ 자문위원장님, ○○○ 지도위원장님을 비롯한 동호회 회장님들, 사무총장님들, 각 기수 회장님들과 사무총장님들께도 깊은 감사를 드립니다.

내년은 우리 고대 AMP 교회의 창립 50주년을 맞이하는 뜻깊은 해입니다. 지난 50년 동안 우리 교회가 대한민국 최고의 AMP로 자리매김할 수 있었던 것은 바로 여러분들의 끊임없는 성원과 노력 덕분입니다. 이 기념비적인 행사를 위해 이달에 고대 AMP 창립 50주년 기념행사 준비위원회를 발족시킬 계획입니다. 앞으로도 교우님들과 함께 더욱 끈끈한 유대관계를 다지며, 대한민국 최고의 AMP로서 자부심을 느끼며 함께 나아가길 기대합니다.

올해 한 해 정말 수고 많으셨습니다. 내년에도 가족 간의 행복과 사업적 성공을 이루는 뜻깊은 한 해가 되시기를 기원하며, 이만 인사를 마치겠습니다.

감사합니다.

예시 '인사말 작가' GPT* 초안

🗨 **요청 내용**

이 내용을 반영해서 12월 5일 있는 '경영대상시상식 및 송년 후원의 밤' 행사의 회장 인사말을 작성해줘.

---

* 인사말과 축사를 써 주는 GPT. 고대 AMP 각 행사의 회장 인사말 27건을 기초 자료로 업로드해 놓아 인사말 작성 답변을 생성할 때 예시된 '회장 인사말, 축사'를 참고해 생성하도록 만들어졌다.
검색 방법 : 챗GPT ⇒ 사이드바에서 'GPT 탐색' ⇒ GPT 검색창에 '인사말 작가'

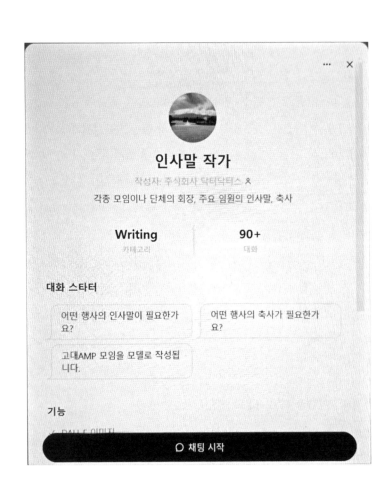

인사말 작가

작성자: 주식회사 닥터닥터스 &

각종 모임이나 단체의 회장, 주요 임원의 인사말, 축사

Writing	**90+**
카테고리	대화

대화 스타터

어떤 행사의 인사말이 필요한가요?

어떤 행사의 축사가 필요한가요?

고대AMP 모임을 모델로 작성됩니다.

기능

🔘 채팅 시작

🔘 **답변**

안녕하십니까. 존경하는 교우 여러분, 그리고 가족 여러분.

오늘 이렇게 2023년 '경영대상 시상식 및 송년 후원의 밤'에 참석해 주신 여러분께 진심으로 감사드립니다. 바쁘신 와중에도 시간을 내어 자리를 빛내주신 교우님들과 가족분들, 그리고 소중한 외빈 여러분께 깊은 감사를 드립니다.

특히 오늘 이 자리에 참석하신 역대 교우회장님들, 즉 우리 교우회의 고문님들께 특별한 감사를 드리고 싶습니다. 여러분이 계셨기에 오늘날 우리 고대 AMP가 대한민국 최고의 AMP로 자리매김할 수 있었습니다. 여러분의 헌신과 열정이 없었다면 이 자랑스러운 자리에 설 수 없었을 것입니다. 이 자리에 함께해 주신 모든 고문님들께 다시 한번 깊은 감사의 말씀을 드립니다.

오늘은 또한 특별한 두 분, ○○○ 학장님과 ○○○ 주임교수님께도 감사의 인사를 드립니다. ○○○ 학장님께서는 우리 고대 경영대를 세계적인 수준으로 끌어올리셨고, ○○○ 주임교수님께서는 AMP 신입 원우 선발부터 수료까지의 전 과정을 책임지시며 훌륭히 이끌어 주셨습니다. 두 분의 헌신과 리더십에 깊은 감사를 드립니다.

이제 임기를 마무리하며, 지난 2년을 되돌아보게 됩니다. 코로나 팬데믹의 여파로 교우회가 침체기에 접어들었을 때, 저는 회장으로서 그 무게감을 크게 느꼈습니다. 하지만 교우님들의 성원과 협조 덕분에 무리 없이 임기를 마칠 수 있었고, 오늘 이 자리에서 여러분과 함께할 수 있게 되어 매우 다행스럽고 감사한 마음입니다.

임기 동안에도 많은 성과가 있었습니다. 두 번의 등산대회에서 300명이 넘는 교우와 가족이 함께했고, 총교우회장배 골프대회는 320명이 넘는 큰 행사로 성공적으로 마무리되었습니다. 특히 오늘의 송년회는 700여 명이 참석하는 성대한 잔치로, 교우회의 회복과 발전을 보여주는 상징적인 행사라고 생각합니다.

오늘의 행사에서 특히 기억에 남을 부분은 바로 '경영대상' 시상입니다. 이 어려운 시기에 사업을 성공적으로 이끌어 오신 세 분께 이 영예로운 상을 드리게 되어 매우 기쁩니다. 이 경영 대상은 우리 고대 AMP의 자부심과 영광을 상징하며, 수상자들께 다시 한번 진심으로 축하의 말씀을 드립니다.

끝으로, 지난 2년 동안 교우회 운영에 많은 도움을 주신 ○○○ 경영대상 심사위원장님. ○○○ 자문위원장님, ○○○ 지도위원장님을 비롯해 동호회 회장님들과 사무총장님들, 각 기수 회장님들께 특별한 감사를 전합니다.

내년은 우리 교우회의 창립 50주년을 맞이하는 해입니다. 이 뜻깊은 해를 위해 저는 교우회 창립 50주년 기념행사 준비위원회를 발족할 계획입니다. 우리 교우회가 앞으로도 대한민국 최고의 AMP로서 자부심을 가지고 지속적인 발전을 이루어나갈 수 있도록, 교우 여러분들의 변함없는 성원과 참여를 부탁드립니다.

올 한 해 정말 수고 많으셨습니다. 다가오는 새해에도 여러분과 가족 모두의 건강과 행복, 그 리고 사업적인 성과를 기원하며, 오늘 이 자리를 마음껏 즐기시기 바랍니다.

감사합니다.

5. 초안 수정 및 최종 보완

챗GPT가 생성한 초안을 검토한 후, 이를 수정하고 개인화하여 최종 인사말로 발전시킨다. 이 단계에서는 개인적인 경험이나 특별한 메시지를 추가하여, 인사말에 진정성과 인간미를 더해야 한다. 또한, 청중의 특성과 행사 목적에 맞게 문구를 다듬고, 전체적인 톤을 조정하는 과정도 포함된다. 최종적으로, 수정된 인사말을 여러 차례 읽어보며 문법적 오류나 어색한 부분을 제거하고, 실제 발언 시 자연스럽게 전달될 수 있도록 최종 보완한다.

예시 **네이버 크로바노트와 챗GPT를 이용해 완성한 인사말**

주요 내용을 반영해 완성한 회장 인사말

● 참석에 대한 감사 인사(교우, 내빈, 외빈)

존경하는 고대 AMP 교우 여러분, 그리고 함께 참석해 주신 가족 여러분,

바쁘신 일정 속에서도 우리 고대AMP 최고의 축제인 '최고 경영대상 시상식 및 송년 후원의 밤' 행사에 참석해 주셔서 감사합니다.

특히, 오늘 우리 고대 AMP가 대한민국 최고의 최고경영자과정으로 성장하는 데 큰 역할을 해주셨고, 교우회가 여러 문제를 헤쳐 나갈 때 항상 등불 같은 역할을 해주시는 고문님들께서 참석해 주셨습

니다. ○○대 교우회장을 역임하신 ○○○ 고문님, ○○대 교우회장을 역임하신 ○○○ 고문님, ○○대 교우회장을 역임하신 ○○○ 고문님. 이 고문님들의 헌신과 열정이 있었기에 우리가 지금 여기까지 올 수 있었다고 생각합니다. 진심 어린 존경과 감사를 드립니다.

그리고 세계 최고 수준의 경영대학을 이끌고 계시는 고려대 ○○○ 학장님, 원우 선발부터 수료까지 AMP 전 과정을 너무 잘 이끌고 계시는 ○○○ 주임교수님, 오늘 함께해 자리를 빛내 주셔서 영광스럽고 감사합니다.

● 임기를 마무리하는 소회

저는 오늘 이 자리가 참으로 참개무량 합니다.

2년 전 저는, 선배들이 만들어 놓으신 대한민국 최고의 고대 AMP를 맡아서 "내가 잘 해 낼 수 있을까?" 하는 무게감과 부담감에 짓눌려 있었습니다. 하지만 대과(大過) 없이 2년의 임기를 마무리하며 오늘 이 자리에 섰습니다. 제가 마음의 짐을 내려놓고 이 순간을 맞이할 수 있었던 건 모두 도와주시고 성원해 주시고 응원해 주신 교우님들 덕분입니다. 진심으로 감사드립니다.

교우회장에 취임하던 시기에 코로나로 인해 모든 모임이 어려움을 겪었습니다. 우리 교우회도 동력을 많이 상실한 시기였습니다. 당시 교우회의 활기를 다시 되돌리는 문제는 큰 도전 과제이며 부담이었습니다. 하지만 교우 여러분의 적극적인 참여와 열정이 그 어려운 시기를 성공적으로 극복할 수 있게 했습니다. 저는 이 시기를 거치면서 우리 고대 AMP의 저력을 다시 한번 느낄 수 있었습니다.

● 임기 중의 성과 설명

두 차례에 걸쳐 300명 이상의 교우와 가족이 참석해 코로나 팬데믹을 극복했다는 자신감을 심어준 총교우 단합 등산대회는 큰 감회로 남습니다. 또한, 대한민국 최고경영자과정 중 유일하게 2년 연속으로 80팀 이상이 참가한 총교우회장배 골프대회를 성황리에 마칠 수 있었던 것도 잊을 수 없습니다. 특히 이 자리에서 볼 수 있듯이, 700여 교우와 가족이 참석하는 우리 고대 AMP 최고경영대상 시상식 및 송년 후원의 밤은 그 자체로 고대 AMP의 명성을 상징합니다. 이러한 모든 성과들이 교우님들의 뜨거운 열정과 헌신 덕분에 가능했습니다. 자랑스러운 교우 여러분께 진심으로 감사드립니다.

● 경영대상 수상자에 대한 찬사

오늘 이 자리에서는, 고대 AMP의 최고 영예인 최고경영대상 시상식이 함께 진행됩니다. 요즘같이 이 어려운 시기에 창의적이고 도전적인 자세로 탁월한 경영능력을 발휘해 경영대상을 수상하시는 3분께 무한한 축하와 함께 깊은 경의를 표합니다. 3분의 노력과 성과는 우리 모두에게 큰 영감을 주었으며, 앞으로도 고대 AMP 교우회의 명성을 높이는 데 큰 역할을 하리라 믿습니다.

※교우회의 특별 현안과 준비 상황

우리의 자랑스러운 고대 AMP는 내년에 창립 50주년을 맞이합니다. 선배들이 이뤄놓으신 이 최고 AMP의 위상을 기념할 수 있도록 지난 9월 "고대 AMP 교우회 창립 50주년 행사 준비 위원회"를 발족해 준비하고 있습니다. 이 준비 위원회가 차질 없이 행사를 준비할 수 있도록 끝까지 챙기고, 인수인계를 철저히 하도록 하겠습니다.

● 도와준 분들에 대한 감사

끝으로, 지난 2년 동안 저와 함께 교우회를 이끌어 주신 ○○○ 경영대상 심사위원장님, ○○○ 자문위원장님, ○○○ 지도위원장님과 동호회 회장님들을 비롯한 주요 임원님들과 각 기수 회장님, 그리고 사무총장님들께 진심으로 감사드립니다. 여러분의 헌신과 열정이 없었다면 오늘의 이 성과도 불가능했을 것입니다. 여러분 모두에게 진심으로 감사드립니다.

● 교우회의 비전과 자부심

오늘 이 자리는 한 해를 마무리하는 자리이지만, 또한 새로운 시작을 준비하는 시간이기도 합니다. 우리가 함께 만든 이러한 성과들은 단순한 이벤트가 아니라, 고대 AMP 교우회의 저력을 보여주는 증거라고 생각합니다. 우리 고대 AMP 교우회는 앞으로도 더욱 단단한 결속력과 깊은 신뢰를 바탕으로 최고로서의 명성을 이어갈 것입니다. 마지막까지 최선을 다해 이 명예와 전통이 이어지도록 하겠습니다.

● 마무리 인사

존경하는 교우와 가족 여러분,

다가오는 새해에도 건강과 행복이 가득하시길 기원하며, 여기 계신 모든 분들의 앞날에 더욱 큰 축복이 함께하기를 바랍니다.

감사합니다.

네이버 크로바노트와 챗GPT를 활용해 인사말을 작성하는 5단계 과정을 살펴보았다. 첫 단계에서 인사말에 담을 주요 메시지를 정리하고, 두 번째 단계에서는 그 메시지를 어떻게 표현할지 구상하였다. 이후 세 번째 단계에서는 네이버 크로바노트를 활용해 구술한 내용을 텍스트화하고, 네 번째 단계에서는 그 텍스트를 바탕으로 챗GPT가 초안을 생성해 주었다. 마지막으로, 생성된 초안을 수정하고 개인화하여 최종적으로 인사말을 완성하는 과정을 거쳤다.

이 5단계 과정을 통해, 회장은 체계적으로 인사말을 준비할 수 있으며, AI 도구를 활용해 시간을 절약하고 창의적인 표현을 더할 수 있다. 과정에서 보듯이 AI 도구는 초안을 제공하는 데 있어 큰 도움을 주지만, 인사말에 진정성과 개인적인 메시지를 더하는 것은 회장의 역할이다. 이 과정을 통해 최종 인사말은 단순한 형식적인 문구를 넘어서, 모임의 목표와 메시지를 효과적으로 전달하며 참석자들에게 감동을 줄 수 있는 소통의 도구로 발전할 수 있는 것이다.

AI와 함께하는 인사말의 개인화 과정

AI는 인사말 작성에 있어 강력한 도구로 활용될 수 있지만, 진정한 감동을 주는 인사말은 회장의 개인적인 경험과 메시지를 담아야만 완성된다. AI는 기본적인 틀과 논리적인 구조를 제시해 주지만, 회장이 경험한 구체적인 상황이나 감정을 반영하는 개인화 과정이 필요한 것이다.

"인사말 작성: AI 도구와의 협업 과정"에서는 주요 내용을 구술 및 텍스트화하여 먼저 AI에게 인식시킨 후 초안 생성을 하였다. 이 방식으로 생성된 초안은 구체적인 회장의 메시지가 이미 반영되어 있고 개인화 과정도 일부 적용된 상태다. 이 장에서는 일반적으로 AI가 제공하는 초안을 어떻게 회장의 개인적인 경험과 청중의 기대에 맞춰 맞춤형으로 발전시킬 수 있는지를 구체적으로 설명해 보려고 한다.

1. 개인적인 경험의 반영

AI가 제공하는 기본 초안은 논리적이지만, 회장의 고유한 경험과 이야기를 자동으로 반영하지는 않는다. 회장의 개인적인 경험을 담아내어 인사말을 더욱 구체적이고 진정성 있게 만드는 것이 중요하다

AI 초안 예시: "코로나 팬데믹 기간 동안 우리 모두는 많은 어려움을 겪었지만, 교우 여러분의 헌신 덕분에 극복할 수 있었습니다."

개인화 후: "이번 행사를 준비하면서 긴 코로나19로 인해 모이는 것에 대한 부담 때문에 많이 오시지 않으면 어떻게 하나 하는 걱정이 조금 있었습니다. 하지만 오늘 보시는 것처럼 300분 넘게 행사에 참가해 주셨습니다. 저는 이걸 보면서 우리 고대 AMP를 대한민국 최고 AMP라고 하는데, 오늘 참여해 주신 여러분의 이런 열정이 대한민국 최고 AMP를 만든 원동력이라는 생각을 다시 한 번 하게 됐습니다. 정말 감사합니다."

이와 같이 AI가 제시한 초안에 구체적인 개인 경험과 감정적 요소를 추가하여 맞춤화할 수 있다.

2. 메시지의 구체화 및 맞춤형 적용

AI가 제공하는 문구는 일반적인 문장일 수 있지만, 행사와 청중의 특성에 맞춰 구체적으로 적용해야 한다. 청중이 누

구인지, 행사 목적이 무엇인지에 따라 메시지를 조정한다.

AI 초안 예시: "우리 모두가 이번 행사를 통해 교우회 발전을 위해 하나로 단결할 수 있기를 기대합니다."

개인화 후: "오늘 이 '주요 임원 초정 만찬'은 이전 교우회에서는 없었던 행사입니다. 주요 임원 분들을 모시고 오늘 이런 자리를 마련하게 된 것은 코로나 등 여러 원인으로 교우회 활동이 많이 위축되었고 여러 일정이 정상 진행되지 못한 상황에서 우리 고대 AMP를 다시 정상궤도에 올려놓는 데 있어 여기 모이신 분들의 도움이 절대적으로 필요하기 때문입니다."

이처럼 AI가 제공한 초안에 행사의 의미와 청중의 관심을 반영하여 맞춤형 메시지로 수정한다.

3. AI와의 대화 및 수정 예시

AI가 초안을 제공할 때, 회장의 경험을 구체적으로 반영하기 위해 AI에게 적절한 정보를 제공하는 것이 중요하다.

질문 예시: "우리 교우회가 코로나 팬데믹의 어려움을 극복한 경험을 강조하고 싶습니다."

AI의 답변: "코로나 팬데믹이라는 어려운 시기를 이겨낼 수 있었던 것은 교우 여러분의 헌신 덕분입니다."

개인화 후: "저는 오늘 2023년 교우회 마지막 행사를 이렇게 많은 교우님들과 가족 그리고 초청 외빈 분들을 모시고 진행하게 되어 참으로 감개무량합니다. 오늘 많은 분들을 모시고 성대하게 최고 경영대상 시상식 및 송년 후원의 밤을 진행하게 된 것 뿐만 아니라, 코로나 이후 교우회 행사 복원에 대해 연초에 가졌던 많은 우려가 이제는 말끔히 사라졌다고 생각하기 때문이기도 합니다."

4. 감정과 인간적 터치 추가

AI가 생성한 문장은 다소 형식적일 수 있으므로, 회장은 인사말에 감정적 터치와 인간적인 면을 추가해야 한다.

AI 초안 예시: "기 회장, 사무총장 여러분의 참여에 감사드립니다."

개인화 후: "기수 회장님들이시면 기수에서 그래도 가장 존경과 신뢰를 받는 분들이고, 사무총장님들은 기수에서 가장 자기 희생과 봉사하는 마음이 투철하신 분들입니다. 사업적, 업무적으로 바쁘실 텐데도 오늘 초청행사에 이렇게 많이 참석해 주셔서 정말 감사합니다."

이처럼 AI가 제공한 초안에 인간적인 감정과 감사의 표현을 더해 인사말을 개인화할 수 있다.

이러한 과정을 통해 AI가 제공하는 기본 틀에 회장의 개인적인 경험과 메시지를 효과적으로 반영하여, 청중에게 깊은 인상을 남길 수 있는 맞춤형 인사말을 완성할 수 있다. AI는 초안을 신속하게 제공하는 훌륭한 도구이지만, 최종적으로는 회장의 고유한 경험과 감정이 진정성 있게 녹아든 개인화 과정이 반드시 필요한 것을 볼 수 있다. 이를 통해 인사말은 단순한 형식을 넘어 청중과의 깊은 공감과 소통을 이끌어낼 수 있는 메시지로 거듭나게 되는 것이다.

AI의 한계와 주의 사항

인공지능, 특히 챗GPT와 같은 도구는 인사말 작성에서 많은 도움을 줄 수 있지만, 그럼에도 불구하고 분명한 한계가 존재한다. AI를 효과적으로 활용하기 위해서는 이러한 한계를 이해하고, 주의 사항을 충분히 인식하고 있어야 한다. AI가 제공하는 결과물이 때로는 지나치게 형식적이거나 감정적으로 부족할 수 있다는 점을 늘 염두에 둬야 한다. 다음과 같은 내용들을 알고 있다면 진정성 있고 감동적인 인사말을 완성할 수 있을 것이다.

개인화의 중요성

AI가 제공하는 내용은 기초 자료로 활용할 수 있지만, 최종 인사말에는 회장의 개인적인 스타일과 메시지가 반드시 반영되어야 한다. AI는 방대한 데이터와 알고리즘을 바탕으로 다양한 초안을 생성할 수 있지만, 이는 어디까지나 출발점에 불과하다. AI가 생성하는 문장과 구조는 일반적인 행사나 모임에 적합할 수 있지만, 특정 모임의 고유한 분위기와 참석자들의 기대를 완벽히 반영하기에는 부족할 수 있다.

이 때문에 개인화가 중요하다. AI가 생성한 초안은 회장의 말투, 경험, 그리고 메시지에 맞게 수정해야 한다. 예를 들어, 회장의 개인적인 이야기나 경험을 추가하고, 그에 맞는 언어와 표현을 사용함으로써, AI가 제공한 초안을 회장 자신의 목소리로 바꿀 수 있다. 이러한 개인화 과정을 통해 인사말은 형식적인 틀을 넘어서는 진정성을 얻게 되는 것이다.

형식적 표현의 극복

AI가 생성한 문장은 논리적이고 깔끔하지만, 때때로 지나치게 형식적이거나 감정적으로 메마른 느낌을 줄 수 있다. 이는 인사말 작성에서 특히 중요한 문제로, 인사말은 청중과의 감정적 연결을 만들어내야 한다. 이를 극복하기 위해, 작성자는 AI가 제공한 초안에 자신의 감정과 경험을 담는 것이 중요하다.

예를 들어, AI가 제공한 논리적인 문장 구조를 유지하면서도, 개인적인 일화나 청중에게 직접적으로 다가갈 수 있는 문구를 추가해야 한다. 또한, AI가 제시한 문장을 단순히 사용하는 것에서 멈추지 않고, 더 자연스럽고 감정적으로 풍부하게 발전시킬 수 있는 방법을 고민해야 한다. 이런 과정을 거쳐 완성됐을 때 인사말은 청중에게 감동을 주고, 더 효과적으로 전달될 수 있을 것이다.

문화적 감수성 더하기

AI가 놓칠 수 있는 또 다른 부분은 미묘한 문화적 감수성이다. AI는 언어 처리에서 매우 뛰어나지만, 인간이 가진 미묘한 감정적 뉘앙스나 문화적 배경을 완벽히 반영하는 데는 한계가 있다. AI가 생성한 인사말이 특정 청중에게 부적절하게 해석되거나, 지나치게 형식적으로 느껴질 수 있는 경우가 있을 수 있다.

따라서, 인사말을 작성한 후에는 세심한 검토 과정을 거쳐야 한다. 예를 들어, 특정 문화적 맥락에 맞지 않는 표현이 있는지, 또는 행사와 청중의 특성에 부합하는지를 확인해야 한다. 이 과정에서 참석자들의 기대와 감정 상태를 충분히 고려해 적절한 수정이 필요하다. 이를 통해 인사말은 단순한 정보 전달을 넘어, 청중과의 감정적 연결을 강화하고 더 큰 공감을 이끌어낼 수 있다.

인사말의 감정적 깊이

AI는 논리적 흐름을 제공하는 데 뛰어나지만, 인사말이 가져야 할 감정적 깊이를 완벽히 구현하기 어렵다. 인사말은 단순히 정보를 전달하는 것이 아니라, 참석자들에게 감동을 주고 그들과의 유대감을 형성하는 중요한 역할을 한다. 따라서 AI가 생성한 초안에 회장의 진심 어린 감정을 담아내는 것은 필수적이다.

이를 위해, AI가 제시한 기본 틀을 바탕으로 회장의 개인적 경험이나 감사의 표현을 넣을 수 있다. 또한, 청중의 감정적 반응을 예상하며, 그들이 기대하는 메시지를 더해 인사말을 완성하는 것도 좋은 방법이다.

AI는 인사말 작성에서 매우 유용한 도구이지만, 그 한계를 분명히 인식해야 하고 회장의 개성과 진심을 담아내는 개인화 작업을 필수적으로 진행해야 한다. AI가 제공한 초안이 훌륭한 출발점이 될 수는 있지만, 최종 인사말은 인간의 판단과 감각이 더해져야만 진정성 있고 감동적인 메시지로 완성될 수 있다. AI의 도움을 받되, 이를 뛰어넘어 개인적인 터치와 세심한 문화적 감수성을 더해 최종 인사말을 작성하는 것이 중요하다.

12

AI 발전에 따른
인사말 작성의 미래

AI 기술의 급격한 발전은 단순한 정보 전달 방식을 넘어, 인사말 작성의 본질 자체를 변화시키고 있다. 이제 인사말은 더 이상 정형화된 문구가 아닌, 개인화되고 상황에 맞춘 메시지로 새롭게 진화하고 있다. AI는 데이터 분석과 실시간 반응을 통해 청중과 깊이 공감하고 소통하는 능력을 극대화하고 있으며, 다언어와 문화적 차이까지 아우를 수 있는 유연성을 갖추게 되었다. 이러한 변화는 인사말이 단순한 형식적 의례가 아닌, 인간적 감성과 디지털 기술이 결합된 소통의 새로운 형태로 자리잡아 가고 있음을 보여준다. AI 시대의 인사말 작성은 어떻게 발전해 갈 것인지에 대해 살펴보고자 한다. 여기에서 얘기하는 대부분의 것들이 관련 디바이스와 인프라가 갖춰진 상태를 전제한 것임을 미리 밝힌다.

맞춤형 인사말 작성의 고도화

AI는 인사말 작성에서 참석자의 개인 데이터를 분석해 맞춤형 메시지를 제공하는 능력을 한층 더 발전시키고 있다. 과거에는 인사말이 형식적이고 일반적인 틀에 머물렀다면, AI는 참석자의 이력, 성과, 관심사, 최근 활동 등을 바탕으로 철저히 개인화된 인사말을 제공할 수 있다. 예를 들면, 참석자가 최근에 중요한 성과를 이루었거나 프로젝트를 성공적으로 완료한 경우, AI는 이를 인사말에 반영하여 그들의 기여와 노력을 칭찬하는 메시지를 만들어낼 수 있다. 이러한 개인화된 인사말은 참석자에게 더욱 진정성 있는 소통의 느낌을 전달하고, 그들이 주목받고 있다는 느낌을 줄 수 있다.

대규모 행사에서도 AI는 수백 명의 참석자에게 각기 다른 맞춤형 인사말을 빠르게 생성할 수 있다. CEO나 고위 관리에게는 그들의 업적을 기리는 격식을 갖춘 인사말을, 일반 참석자에게는 더 친근하고 따뜻한 메시지를 제공할 수도 있다. 이러한 접근은 모든 참석자가 자신만을 위한 특별한 인사말을 받는다는 인상을 주어, 행사에서의 몰입감을 극대화할 것이다. 또한, AI는 참석자의 성향에 따라 어조와 문체를 조정하여, 각각의 청중에게 최적화된 인사말을 제공함으로써 더욱 공감력 높은 소통을 가능하게 한다. 이를 통해 인사말은 단순한 메시지 전달을 넘어, 청중과의 감정적 유대감을 강화하는 중요한 도구로 작용한다.

실시간 데이터 반영

AI는 실시간 데이터를 활용하여 행사 당일의 분위기와 상황에 맞춘 인사말을 즉석에서 작성할 수 있는 능력을 갖추고 있다. 행사 중 날씨가 바뀌거나, 중요한 뉴스가 발생하는 경우, AI는 즉시 그 정보를 반영하여 인사말을 조정한다. 갑작스럽게 비가 내리기 시작하면, AI는 "오늘 날씨에도 불구하고 이 자리에 함께해 주셔서 감사드립니다"와 같은 메시지를 자동으로 추가하여, 인사말이 더욱 현장감 있고 공감력 있게 느껴지도록 할 수 있다. 이러한 실시간 데이터 반영 기능은 인사말을 더욱 유연하고 상황에 맞게 조정할 수 있게 하여, 청중과의 공감을 높이는 데 큰 역할을 한다.

AI는 또한 행사 중에도 실시간으로 데이터를 계속 업데이트하면서 청중의 반응을 분석한다. 청중의 관심이 줄어들거나 집중도가 떨어지는 상황에서는 인사말의 톤과 내용을 조정해 청중의 관심을 다시 끌어모을 수 있다. 이를 통해 AI는 예기치 못한 상황에 유연하게 대처할 수 있으며, 그 순간에 딱 맞는 메시지를 전달해 청중에게 더욱 깊은 인상을 남긴다. AI의 이러한 능력은 특히 예상치 못한 변화가 일어날 때 청중과의 연결성을 유지하고, 인사말이 더 진정성 있게 느껴지도록 만드는 중요한 요소가 된다.

멀티모달* AI를 통한 감정 분석 및 공감 인사말

멀티모달 AI는 청중의 다양한 감정 요소를 실시간으로 분석하여, 공감적 인사말을 작성하는 데 뛰어난 능력을 발휘한다. AI는 청중의 표정, 목소리 톤, 제스처 등을 감지하고, 그들

---

* 멀티모달(multimodal)이란 텍스트, 이미지, 음성, 제스처 등 여러 형태의 데이터를 동시에 처리하거나 결합하여 이해하고 응답하는 기술을 의미한다.

의 감정 상태에 맞는 메시지를 자동으로 생성한다. 청중이 미소를 짓거나 고개를 끄덕이는 긍정적인 반응을 보일 때는, "여러분의 따뜻한 응원이 큰 힘이 됩니다"와 같은 메시지를 추가해 감정적 유대감을 강화할 수 있다. 반면, 청중이 피로한 모습이 보인다면, AI는 "이 자리에 끝까지 함께해 주셔서 진심으로 감사드리며, 조금만 더 힘내주시길 바랍니다"와 같은 격려의 메시지를 제공할 수 있다.

이처럼 AI는 청중의 감정 변화에 맞춰 인사말의 톤과 내용을 즉각적으로 조정하며, 그 순간의 분위기와 감정에 최적화된 메시지를 전달한다. 이를 통해 인사말은 단순한 정보 전달을 넘어서, 청중과의 감정적 교류를 가능하게 하고, 더욱 진정성 있는 소통을 이루어낸다. AI의 감정 분석 능력은 청중의 반응을 실시간으로 반영해 인사말의 효과를 극대화하며, 행사에서의 몰입감을 높이는 중요한 역할을 한다.

다양한 언어와 문화에 맞춘 인사말 작성

AI는 다국적 행사에서 각국의 문화적 차이와 언어적 요구를 반영하여 맞춤형 인사말을 작성하는 데 강력한 능력을 발휘한다. 참석자의 국적과 언어적 배경을 분석해 그들에게 적합한 표현과 예절을 바탕으로 인사말을 작성할 수 있다. 예를 들어, 중국인 참석자에게는 전통과 예의를 중시하며 집단의 조화와 관계를 강조하는 메시지를 제공하고, 영어권 참석자에게는 더 직설적이고 캐주얼한 인사말을 사용할 수 있다는 것이다. 이처럼 AI는 문화적 특성을 고려해 적절한 표현을 선택하여, 각 나라별로 최적화된 메시지를 제공함으로써 청중에게 더 큰 감동을 전달한다.

AI는 단순한 언어 번역에 그치지 않고, 각 문화의 관습과 예절을 반영해 자연스럽고 공감 가는 인사말을 생성한다. 이를 통해 글로벌 행사에서도 청중이 자신이 속한 문화가 존중받고 있다는 느낌을 받을 수 있게 하고, 언어 장벽을 허물어 원활한 소통을 가능하게 한다. AI의 다문화적 인사말 작성 능력은 글로벌 소통의 장에서 참석자 간의 연결성을 강화하며, 청중과의 공감을 극대화하는 중요한 역할을 할 수 있을 것이다.

음성 인식 및 텍스트 음성 변환(TTS)* 기술의 발전

AI의 음성 인식과 텍스트 음성 변환(TTS) 기술은 인사말의 작성과 전달 방식에 혁신적인 변화를 가져오고 있다. 과거에는 텍스트 형태의 인사말이 주를 이루었지만, AI는 이를 자연스러운 음성으로 변환하여 실제 연설처럼 전달할 수 있는 능력을 갖추고 있다. 회장의 목소리를 AI가 학습하여 감정이 담

---

* Text－to－Speech

긴 음성으로 인사말을 대신 전달하는 것이 가능해지며, 이를 통해 마치 회장이 직접 연설하는 것처럼 생생한 경험을 제공할 수 있다. 이는 회장이 현장에 직접 참석하지 못하는 경우에도, AI가 대신해 연설의 진정성과 감동을 전달할 수 있는 새로운 가능성을 열어준다.

또한, AI는 단순히 텍스트를 음성으로 변환하는 것을 넘어, 회장의 연설 스타일과 음성 패턴을 학습하여 그와 동일한 어조와 톤으로 인사말을 전달할 수 있다. 이러한 기능은 청중이 더 몰입하고 감동을 느낄 수 있도록 도와준다. AI가 생성한 음성은 감정적 표현도 강화할 수 있어, 인사말이 전달되는 순간 청중과의 공감대를 더욱 끌어올릴 수 있다. AI의 TTS 기술은 단순한 음성 변환을 넘어 청중에게 인간적인 감정과 진정성을 전달할 수 있는 강력한 도구로 자리매김하게 할 것이다.

AI 기반 피드백 및 수정 시스템

AI는 인사말 작성 과정에서 실시간 피드백을 제공하고, 이를 바탕으로 즉각적인 수정이 가능하도록 지원할 수 있다. 작성된 인사말의 길이, 어조, 표현의 적합성을 분석해 개선점을 제안하며, 최적의 표현으로 수정할 수 있도록 도와준다. AI는 "이 문장은 지나치게 길어 집중력이 떨어질 수 있다. 더 간결하게 표현하는 것이 좋다"와 같은 구체적인 피드백을 제공해, 인사말이 더욱 간결하고 명확해지도록 유도할 수 있다. 이러한 기능은 인사말 작성의 효율성을 극대화하고, 청중의 반응에 맞춰 메시지를 조정할 수 있는 유연성을 제공할 것이다.

AI는 또한 청중의 실시간 반응을 분석해 인사말의 톤과 내용을 조정하는 능력을 갖추고 있다. 청중의 반응이 다소 무관심하거나 집중력이 떨어져 보일 경우, AI는 인사말의 어조를 더 활기차고 역동적으로 바꾸어 청중의 관심을 다시 끌어모을 수 있다. 이처럼 AI는 실시간 피드백을 통해 인사말의 완성도를 높이고, 행사 중에도 유동적으로 대응할 수 있는 강력한 도구로 발전하고 있다.

창의적 표현 및 시각적 요소와의 결합

AI는 인사말 작성에 있어 단순히 텍스트를 넘어 시각적 요소와 멀티미디어를 결합할 수 있는 기능을 갖추고 있다. 인사말에 적합한 배경 음악, 이미지, 그래픽 자료 등을 자동으로 제안해 청중의 몰입도를 극대화하는 멀티미디어 경험을 제공한다. 중요한 메시지를 강조할 때 AI는 청중의 주목을 끌 수 있는 시각적 자료를 삽입하거나 배경 음악을 추가해 분위기를 고조시킬 수 있다. 이를 통해 인사말은 단순히 말로만 전달되는 것이 아니라, 시각적·청각적 요소가 결합된 강렬한 연설로 변화하게 할 것이다.

이러한 시각적 요소와 멀티미디어의 활용은 인사말의 전달력을 높이고, 청중에게 더 깊은 인상을 남길 수 있도록 도울 수 있다. AI는 또한 창의적인 표현을 통해 인사말을 더욱 생동감 있게 만들어, 청중이 행사의 메시지를 기억하고 감동을 느끼게도 한다. AI가 제공하는 멀티미디어 기능은 인사말의 새로운 차원을 열어, 단순한 언어 전달에서 벗어나 청중과의 다각적인 소통을 가능하게 할 것이다.

AI와 인간의 협업을 통한 하이브리드 인사말 작성

AI와 인간이 협력하여 인사말을 작성하는 하이브리드 방식은 미래의 인사말 작성 트렌드를 이끌어가는 중요한 요소가 될 것이다. AI는 인사말 작성의 기술적 요소와 데이터를 기반으로 한 분석을 담당하며, 인간은 창의적이고 감정적인 요소를 더해 메시지를 완성하게 된다. AI가 작성한 초안에 회장이 개인적인 경험이나 감동적인 스토리를 반영해, 청중과의 공감과 연결성을 강화하는 방식 같은 것이다. 이를 통해 AI는 효율성과 정확성을 제공하고, 인간은 감동과 진정성을 더해 최상의 인사말을 완성하게 된다.

이러한 협업은 인사말의 질을 한층 더 높이며, AI와 인간이 각각의 강점을 최대한 발휘할 수 있도록 돕는다. AI는 빠르고 정확하게 데이터를 처리하고 최적의 표현을 제안하는 역할을 맡고, 인간은 감정과 경험을 담아 인사말의 공감력을 높이는 데 집중할 수 있다. 이를 통해 청중에게는 기술과 인간성이 조화된 인사말이 전달되어, 더욱 진정성 있는 경험을 제공하게 된다. AI와 인간의 협업은 인사말 작성의 새로운 표준을 제시하며, 행사에서의 소통 방식을 혁신적으로 바꾸는 데 중요한 역할을 하게 될 것이다.

AI의 발전은 인사말 작성의 본질을 변화시키며, 단순한 메시지 전달에서 벗어나 개인화되고 정교한 소통의 수단으로 자리 잡게 하고 있다. 맞춤형 인사말 작성, 실시간 데이터 반영, 감정 분석, 다언어 지원 등 AI의 다양한 기술들은 인사말을 더욱 진정성 있고 감동적으로 만들어줄 것이다. 또한, AI는 인간의 창의성과 결합하여 더욱 풍부한 표현과 정서를 담아낼 수 있는 가능성을 열어주고 있다. 앞으로 AI는 인사말 작성에서 중요한 역할을 하며, 디지털 기술과 인간적 감성이 조화된 새로운 소통의 기준을 만들어갈 것이다. 이 변화는 인사말을 행사와 비즈니스에서 중요한 소통 도구로서의 위상을 더욱 높여줄 것이다.

AI와 함께하는 회장 인사말: 품격을 높이는 연설의 기술

초판발행   2025년 1월 15일

지은이   김용우
펴낸이   안종만·안상준

편 집   전채린
기획/마케팅   조성호
표지디자인   Ben Story
제 작   고철민·김원표

펴낸곳   (주)**박영사**
                서울특별시 금천구 가산디지털2로 53, 210호
                (가산동, 한라시그마밸리)
                등록 1959. 3. 11. 제300-1959-1호(倫)
전 화   02)733-6771
f a x   02)736-4818
e-mail   pys@pybook.co.kr
homepage   www.pybook.co.kr
ISBN   979-11-303-2160-8   03800

정 가   18,000원